慕情の剣

女だてら　麻布わけあり酒場5

風野真知雄

幻冬舎時代小説文庫

慕情の剣

女だてら　麻布わけあり酒場5

目次

主な登場人物

小鈴《こすず》　麻布一本松坂にある居酒屋〈小鈴〉の新米女将《おかみ》。前の女将おこうの娘で、十四歳のときに捨てられた。

星川勢七郎《ほしかわせいしちろう》　隠居した元同心。源蔵・日之助とともにおこうの死後、店を再建する。

源蔵《げんぞう》　星川の口利きで岡っ引きとなった。〈月照堂《げつしょうどう》〉として瓦版《かわらばん》を出していたが、命を狙われ休業中。

日之助《ひのすけ》　蔵前の札差《ふださし》〈若松屋《わかまつや》〉を勘当された元若旦那。「紅蜘蛛《べにくも》小僧」と呼ばれる盗人《ぬすっと》の顔を隠し持つ。

鳥居耀蔵《とりいようぞう》　本丸付きの目付《めつけ》。林洋三郎《はやしようさぶろう》として〈小鈴〉に通う。

大塩平八郎《おおしおへいはちろう》　幕府転覆を目指す集団の頭《かしら》。大坂で乱を起こしたが失敗した。

戸田吟斎《とだぎんさい》　小鈴の父。幕府を批判する『巴里《パリ》物語』を著し、鳥居に幽閉されている。

おこう　小鈴の母。多くの客に慕われていたが付け火で落命。

第一章　置いていった酒

一

夕方、暗くなりかけたころだった。

麻布一本松坂にある飲み屋の女将《おかみ》である小鈴《こすず》は、かまどの火を見ながら下ごしらえをしていた。

新しい肴《さかな》をいくつか加えようと思って、いろいろ試している。早いもので、年が明け、もうひと月が経《た》った。

二月（旧暦）。陽《ひ》ざしは日々、春らしくなってきている。そんな季節に喜ばれる肴は何だろう。

移りゆく季節を味わいながら、おいしい酒を飲んでもらいたい。

入口で物音がした。

まだ、のれんは出していない。坂下の魚屋を見に行った日之助《ひのすけ》がもどって来たのだろう。

「あのう……」

違う。日之助ではない。

「え？」

小鈴は立ち上がった。男がいた。火を見ていたうえに、こっちは影になって、男の顔はよく見えない。だが、手ぬぐいで頰《ほっ》かむりをしているらしい。

小鈴は咄嗟《とっさ》に身構えた。

だが、男は抱えていた荷物を入口に近い縁台に置き、

「これ、飲んでみてもらおうと思って」

と、言った。どうやら酒樽らしい。

「どなたさま？」

「いや、いいんだ」

すばやく出て行った。まるで見られるのを嫌がるようだった。

追いかけようとしたが、いままで火を見ていたせいで、足元がまるで老いた肌に

訪れる染みのようにおかしな斑《まだら》に染まって見え、怖くて足を動かせない。

ゆっくり外に出たが、もう坂の下にいまの人影はない。

――飲み屋に酒を持って来て、飲んでみてもらおうって、どういうこと？


それからまもなく、星川勢七郎《ほしかわせいしちろう》と源蔵《げんぞう》が来て、日之助も帰って来たので、女将とこの店の三人のあるじがそろった。

小鈴がちょっと前のできごとを語ると、

「下ですれ違ったかな。気がつかなかったな」

「あっしも」

一本松坂を上がって来た星川も源蔵も、首をかしげた。もっとも、坂から横に分かれる道も何本かあるから、出会わなくても不思議はない。日之助は後ろ側の暗闇坂を来たというから、すれ違うことはない。

「飲み屋に酒をな」

星川は腕組みした。

「敵に塩を送るというやつですかね」

日之助がそう言うと、

「なんだ、そりゃ」

源蔵が笑った。

「変ですよねえ」

「でも、小鈴ちゃん。言い方は微妙だぜ」

と、源蔵が言った。

「なにが？」

「飲んでみてもらおう、と言ったんだろう。ただ、飲んでもらいたいなら、飲んでもらおうと思ってと、そう言わねえか？」

「あ、ほんとだ」

源蔵はいまでこそ岡っ引きだが、ついこのあいだまでは瓦版屋《かわらばんや》をしていた。言葉については敏感である。

「飲んでみてもらおうとは、どういう意味だろうな」

源蔵は首をかしげた。

酒樽は縁台の上に、肥《ふと》りすぎた達磨《だるま》みたいに置かれたままである。一斗樽で、これを持って坂道を上って来るのは、冗談ではできない。

日之助が栓を開け、小鈴が持った茶碗に一杯注《つ》いだ。

「毒かな」

小鈴が舌を出し、すこしだけ舐《な》めようとした。

「おいおい、小鈴ちゃんに毒見はさせられないよ」

日之助がわきから茶碗を取り上げた。

まず匂いを嗅《か》ぐ。犬みたいに何度も。

「変な匂いはしないねえ」

一口含んだ。

口の中で転がす。ゆっくり回す。

いったん吐き出して、

「わたしは毒を飲んだことはないけど、変なものは混じっていないね。純粋に米が酒に変わった味。しかも、かなりうまいよ、この酒は」

今度はうまそうに一口、二口と飲んだ。

「ずるいぜ、日之さん」

と、源蔵も手を伸ばし、ぐっとあおる。

「どう、うまいでしょ？」

「あ、これはうめえ。いまのうちの酒とはちっと違うが」

「ええ。二つ置いたら喜ばれるかもしれませんね」

「でも、酒の名前が悪いよな」

源蔵が樽の横をぴしゃりと叩《たた》いた。

樽に酒の名前が書いてあった。〈武州馬尻峠〉。

「馬の尻はねえよな」

「名前だけ見たら飲む気になれませんね」

「馬糞《ばふん》でも落としそうな酒だ」

「あっはっは」

「ま、酒の名前は見せなきゃいいか」

「いや、うまいとわかったら、逆に変な名前のほうが面白がってもらえるんですよ。どんどん話題にもしてもらえますしね」

日之助の実家は札差《ふださし》だが、儲《もう》けのほとんどは金を貸して得る利子である。商人に貸すときは、こうした商いの機微がわかるかどうかをじっくりと見た。伸びる店、つぶれる店。日之助の目に、狂いはほとんどなかった。

「なるほどな。星川さんも一杯いきましょう」

源蔵が勧めた。

「いや、まだ、いいよ」

星川はそっぽを向いた。まだ酒は我慢している。近ごろは煙草《たばこ》も滅多に吸わない。剣術のさまたげになることは、すべてやめるつもりでいる。

「それにしても、誰だったんだろう？」

小鈴が天井を睨《にら》むようにした。

「小鈴ちゃんにひそかに惚《ほ》れてる客だろうよ」

と、星川が当然だという顔で言った。

「そんな人、いませんよ」

「いないわけねえだろう。うじゃうじゃいるよ」

星川は真面目《まじめ》な顔で言った。

「それに、向こうもあたしの顔が見えていたかどうか。店の中はかまどの火はあっても明かりをつけてなかったから真っ暗だったでしょう」

「ふうむ」

「しばらく来なかった常連さんというのは？」

日之助がそう言うと、

「ああ、それもあるか」

源蔵がうなずき、

「前の深川のときの客ですかね」

小鈴もそんな気がしてきた。

「ところで、以前、おこうさんが深川でやっていた店というのは、まだあるのかな」

と、星川が言った。

「ありますよ」

と、小鈴はうなずいた。

「なんで知ってるの？」

「一度、見に行ったことがありますから」

「あ、行ったのか」

「はい」

と言って、うつむいた。切なさがかすかな歌のように流れる。

星川たち三人もつられてうつむいてしまう。

「そら、そうだよな。気になるもんな」

と、星川がなぐさめるように言った。

「でも、もう、いなくなっていて、別の人が店をやってました」

「それでここは町で偶然に会った昔の知り合いに聞いたんだよな」

「会ったというか、向こうから声をかけてきたんですけどね。戸田《とだ》さんの娘さんの小鈴ちゃんじゃないかい？　って」

「どういう人？」

「どういう人なんですかね。名前も知らないんです。でも、昔、父の弟子だった人で、よくうちに来ていたのです。医者の卵か、学者か、そんなところ」

「小鈴ちゃんのお父上は頭がいいんだろうね」

と、日之助が言った。

「頭がよかったら、妻子をうっちゃって、のべついなくなったりしませんよ。そういえば、その人、母に助けてもらったことがあるんだって言ってました」

「助けてもらった？　吹き矢でか？」

源蔵が真面目な顔で訊《き》いた。

「それはわかりませんが」

「おこうさんが吹き矢で悪党どもをやっつけている姿は絵になるよな。瓦版にしてえくらいだ」

「そんな馬鹿な」

と、小鈴は笑った。源蔵という人は冗談で慰めてくれる。

周囲の者が皆、わけのわからないことを言っていた。

非難するような目つきで戸田吟斎《ぎんさい》を見ていた。馬鹿にしたような笑みを浮かべている者もいた。

ちょん髷《まげ》は落としている。着物もこっちの連中が着るようなものにしている。しかも、吟斎の顔は彫りが深く、むしろ日本にいるときのほうが目立ったくらいで、ちょっと見にはこの国の人間のようだと、いっしょに来た清国人《しんこく》の張《ちょう》も言った。

それでもなにかが違うのだろう。

——なにが違う？

吟斎は自分の臭《にお》いを嗅いでみた。身体《からだ》は洗っている。変な臭いはしない。むしろこの国の連中のほうが、鼻につく臭いがする。

あっちに行けというように、肩を押された。

——なんなんだ？

誰かが吟斎に向かってなにか言った。どうやら、店の中に行けと言ったらしい。

また、押された。

押されるままにすぐ前にあった店に入った。ギヤマンや瀬戸物を売る店らしい。

その店の中ほどに置いてあった鏡の前に立たされた。

「見ろというのか？」

何人かがうなずいて、また、わけのわからないことを言った。

吟斎は鏡を見た。この国の鏡は銅鏡と違って、ギヤマンでできていた。日本にもぼちぼち入っているということだったが、吟斎は見たことがなかった。ギヤマンの鏡は、恐ろしくはっきり見える。

　顔をのぞき込んで、

「うわっ」

　悲鳴を上げた。これが自分の顔か。

　真っ黄色だった。いや、黄色というより蜜柑《みかん》の色だった。肝ノ臓を悪くした者は黄色くなったりするが、そんな程度ではなかった。見たこともない蜜柑色の肌をしているのが自分だった。

「うわっ、うわああ」

　戸田吟斎は自分の声で目が覚めた。目覚めてみれば、そう怖い夢ではない。肌が蜜柑色になったからといってどうしたというのか。だが、自分の心は子どものように怯《おび》えていたのだ。

　このところ、悪夢が多い。それも、長旅にからんだ嫌な光景ばかりが出てくる。

　いま見た夢も、じっさい、あんなようなことはあった。言葉の通じないもどかしい思い、好奇の視線、そして想像とは違ってけっして幸せそうではなかった巴里《パリ》の人々……。

こんな夢を見るのも、鳥居耀蔵《とりいようぞう》との話のせいだった。あの男が檻《おり》の前に来て話していったあとは、いつもこうして悪夢にさいなまれる。

それは、痛いところを突いてくるからでもあった。

二

数日後――。

やはり同じくらいの刻限に、男が〈小鈴〉にやって来て、

「これ、使ってもらおうと思って」

と、大きなざるを縁台に置いた。ぷうんと独特の匂いが鼻をかすめた。するめだった。ざるに山盛りの海の幸である。

やはり、手ぬぐいで頬かむりをしている。外は薄青い黄昏《たそがれ》どき。誰なのか、まるでわからない。

「どなた？」

「当ててみな」

ふざけているのか。機嫌のいい神さまみたいにふざけて、うまい酒の一斗樽を持って来たり、山ほどのするめをくれたりしているのか。

「待って」

「待たない」

男は逃げた。

坂は暗いが小鈴はさすがに若い。走って追いかけた。

今日はちょうど火を見てなかったので、足元は悪くない。

「え？」

男は驚いて振り返り、着物をまくって、さらに速さを上げた。そうなると、着物をまくったりできない小鈴には追いつけない。

あきらめて、小鈴は悔しそうに男の背中を睨んだ。

「まったく、どうなってんの？」

「最初は酒一斗、そして次はこのするめ。何のつもりなんだろう？」

小鈴は目の前の常連客である笛師の甚太《じんた》、太鼓職人の治作《じさく》、そして湯屋で働いているちあきに言った。

「どっちもうまいよ」

「うん。このするめもかなり上等だぜ。やわらかくて、噛《か》めば噛むほど味が出るね」

「なんだろうな」

「新手の押し売りじゃないかな。あとで金を払えとか言ってくるんじゃないの？」

「そんな商売は通用しないよ」

皆、いろいろ考える。

「おれは小鈴ちゃんにあげたくて来てると思うけどね」

と、笛師の甚太が探るような目で小鈴を見ながら言った。

「でも、小鈴ちゃんの気を引くつもりなら、もっと気の利いたやつにするんじゃないの。するめはないでしょう。こんな干からびたもの」

ちあきは笑った。

「そうかぁ」

「もしかしたら、あたしを母さんと思っていたのかもしれない」

小鈴はぽつりと言った。

「どうして?」

「走って追いかけたら、驚いたみたいだったの。あれは、歳《とし》のことを思ったからじゃないかな。大年増《おおどしま》が坂道を駆け下りられるのかって」

「ふうん」

「源蔵さんが指摘してたんだけど、酒のときは、飲んでみてもらおうと思ってと言ったんだよ。それは不思議だって。ふつうなら、飲んでもらおうと思って、と言うはずだもの。それで、このするめは、使ってもらおうと思って、と言ったんだよ。ふつうは、食べてねとか言うよね」

「あ、そうだな」

甚太がうなずき、

「この量もおみやげじゃないよな。たしかに、店で使うものとして置いていったんだよ」

と、治作が言った。

「じゃあ、なに、ここの店がよほど流行《はや》ってないように思った人が、人助けのつもりでくれてるとか？」

　小鈴がちょっと馬鹿にされて怒ったみたいに言った。

「それも変だよな」

「夜、ちらっと見れば、流行ってるのはわかるはずだし」

「だいたい、いいことをしてたら逃げないだろう。なにか、後ろめたいから逃げるんだよ」

「そうだよな」

　いくら考えてもわからない。

「ねえねえ、小鈴ちゃん。今日のこの、馬の尻とするめのお代はただ？」

と、甚太が機嫌をうかがうような顔で訊いた。

「なに言ってんのよ。あとで、持ってきたやつがお代を払えとか言ってくるかもしれないんだよ。ちゃんといただきます」

「だよな」

「今年に入ってから、ほとんど毎晩、来てるよな。おれと治作は」

「そうだね。ちょっと来すぎだよ」

小鈴はとぼけた顔でうなずいた。

「勘定、出世払いってことにはならねえよな」

治作がそう言うと、

「ばあか。出世払いなんてのは見込みのあるやつだけがやれるんだよ」

ちあきが二人の顔を見て言った。

「ひでえな」

「ちあきに言われたくねえよな」

そのやりとりを聞いて、小鈴は、

「出世払い？　それってあるかも。酒とするめ」

と、顔を輝かせた。

だが、すぐに甚太が、

「ないよ。だったら、そんなこそこそ持ってくるわけねえよ。もっと堂々と、出世払いですって、荷車に酒とするめを積んで入って来るよ」

「それに、いまごろここにいるよ」

治作も言った。

「そうかな」

小鈴はまだ、その案に未練がある。

「やっぱり、それは小鈴ちゃんへの贈りものだって」

「そうだ、惚れ薬かもしれねえ」

治作が手を叩いた。

「惚れ薬？」

「そう。たしか、とかげの尻尾《しっぽ》とかでつくるんだろ。それを酒とするめにすこしずつ入れてるんだ。それで、小鈴ちゃんはいつの間にか、その男のことが好きになってしまってるんだ」

「だったら、姿を見せるんじゃないの？」

「そのうち出てくるのさ。すると、見た途端に、小鈴ちゃんはその男にくらくらっと……」

治作がそう言うと、

「馬鹿野郎。嫌なこと言うなよ」

甚太が本気の顔で怒った。

「でも、あたし、その酒飲んでないし、するめもほとんど食べてないよ。飲んで、食べたのはお客さんたちよ」

「あ、そう？　だから、おれたち、小鈴ちゃんのことが好きになったんだ」

と、治作がふざけた調子で言った。

「おや、まあ」

小鈴は軽く受け流した。

「惚れ薬とか、ほんとにあったらいいよな」

と、甚太は小鈴をちらりと見て言った。

「いいよねえ」

と、ちあきが賛成した。

「よくないよ。自分のほんとの気持ちとは別に、好きにさせられるんでしょ。そんなの嫌だよ」

小鈴がそう言うと、

「そうか」

「そうだな」

　甚太と治作は納得した。

　だが、ちあきは不満げである。

「でもさ、ここにこの前来てた美男役者の南郷宙右衛門《なんごうちゅうえもん》が座っていてよ、こっちに惚れ薬があったら、飲ませない？　それを宙右衛門に？」

「ちあきは飲ませませんのかよ？」

「うん。あたし、飲ませる」

「それは蓮《はす》っぱな考えだな」

　と、治作が鼻でせせら笑った。

「そうかなあ」

「小鈴ちゃんはまっとうな恋の道を歩もうとしてるから、そういう卑劣な手は使わないよな」

　治作は小鈴に訊いた。

「うん。まっとうかどうか知らないけど、あたしはやだね。だいたい、薬飲んで、はい、好きになりましたって、それじゃつまんないじゃない」

「つまんない？」

ちあきが訊いた。

「だって、好きなのか、嫌いなのか、真剣なのか、遊びなのかとか考えたり、思いとどまったり、やっぱり好きだと思ったり、いろいろ思い悩むからこそ恋なんじゃないの。あ、あたし、好き。はい、ぺろりと食べましたじゃ、蜜豆《みつまめ》だの羊羹《ようかん》だのといっしょじゃないのさ」

「そうだよな。ほおら、だからちあきはまともな男とつきあえないんだよ。あ、うまそう。早く食べなくちゃ。ぺろり」

治作はからかうようにちあきに言った。

ちあきの顔が怒りもあらわによじれたようになった。

「なんだよ、この太鼓屋。ひでえことばかり言ってんなよ」

と、ちあきは乱暴な口調になって言った。

「だって、あんまりすれっからしな、卑劣なことばっか言ってるからだろ」

「おめえ、明日からうちの湯に来るなよ」

ここの常連はほとんどがちあきが働くお九《きゅう》の坂下湯《さかしたゆ》に通っている。治作も例外ではない。

「ふざけんなよ。のれん出してたら、客は断われねえんだよ」

「来ても入れない」

「へっ。いつもはじろじろ、おれの裸を見てるくせに」

「なんだと、この野郎」

ちあきが治作の頭をこぶしで殴った。

「あ、殴ったな、このアマ」

ちあきを睨むが、さすがに女に手は出せない。

「もっと殴ってやる。こんちくしょう。女だと思って馬鹿にしやがって」

「あ、やめなよ、ちあきちゃん」

ちあきが暴れ出したため、日之助と小鈴がやっと止めた。

三

するめが届いた次の日――。
前の晩はちあきが暴れたりして忘れてしまったが、小鈴はやはり出世払いというのが気になった。

あの母ならやりそうにも思えた。

だが、出世払いなら堂々と持って来るだろうという甚太の言い分も当たっている。

いろいろ考えるうちに、

——まさか悪いことをして儲かったから、それで出世払いをしている……？

そんな事態まで思いついた。

とすれば、酒もするめも盗品ということになる。開けたり食べたりせずに、もうすこし取っておいたほうがよかったかもしれない。

もしかしたら、また謎の男が来るかもしれないと、日之助だけでなく、星川も源蔵も早めに店に出てきていたので、

「母は出世払いなんてやってました？」

と、三人に訊いた。

「出世払い？　少なくともおいらは駄目だったな。おこうさんに出世の見込みはないと思われたのか」

星川は冗談とも本気ともつかない口調で言った。

「おれもないなあ」

「わたしも」

「三人ともいちおう金まわりは悪くなかったからな。勘定で心配かけることはなかったと思うぜ」

「なに、小鈴ちゃん。誰か出世払いにしてあげたいやつでもできたのかい？」

と、源蔵が半分冗談、半分は心配そうに訊いた。

「いませんよ、そんな人」

「おこうさんが将来を見込んだやつ？　いたかなあ」

「あ、ほら。この前、来ていた役者の南郷宙右衛門」

と、日之助がぽんと手を打った。

「ああ、お九とちあきがそばから離れなかったやつか」

星川が苦笑した。

「あいつ言ってましたよ。おこうさんは何度か出世払いにしてくれたことがあるって」

「あ、そうなの」

小鈴はその話を聞いていなかった。

「へえ。でも、たしかにこの一年で出世したよな。あいつ、血筋はよくないけど、三座の看板役者並みの人気だろ」

と、源蔵が言った。

一年前に一ノ橋の近くにある小屋にかけた『義経、高野の花舞』という芝居が受けに受けて、両国や日本橋あたりの客までが押し寄せてきていたくらいである。いまや小芝居の世界の大人気役者である。

その晩は、一座の役者五人を連れて来て、大盤振る舞いをして帰ったのだ。

「あ、そういえば」

と、源蔵がなにか思い出した。

「ほかにもいたか？」

星川が首をかしげた。

「ほら、おこうさんは川柳をつくっていただろ。それで、客に川柳の師匠をめざす若くて才能のあるやつがいたのさ。あの人、最近どうしてるかなって、心配していたことはあったぜ」

源蔵も川柳をつくっては、投稿していた時期がある。

「川柳の師匠か。母のつくる川柳って、うまかったんですか？」

「うまかったよ。どっちかというと、皮肉っぽさより、見立ての面白さを狙ったものが多かったけどな」

「選に入ったりも？」

「ああ、してたよ。下手《へた》すりゃおれよりも入選した数は多いかもしれねえ」

「すごい。筆で食べてきた源蔵さんよりも？」

「ああ。おこうさんはやっぱり才能があったんだな」

源蔵がそう言うと、星川と日之助は悔しそうな顔をして、

「なんか仲間はずれになったような気がするぜ」

「ええ。わたしも川柳をやればよかった」

これには、源蔵と小鈴は顔を見合わせて笑った。

「子どもみたい」

「いまさら焼いたってしょうがねえでしょう」

「ねえ、源蔵さん。その母がつくった川柳もぜんぶ、焼けてしまったんでしょう

ね」

「あ、おこうさんのやつが載ってる川柳集がおれのところにもいくつかあったな」

「それ、見せてくださいよ」

「ああ、かまわないよ」

「なにか、わかるかもしれない」

「いま、持ってくるよ。ちっと、待ってな。おれも知りたくなってきた」

源蔵は自分の家に引き返した。

そのあいだ、三人は店を開ける用意にかかることにした。

日之助は小鈴に頼まれた買いものに出て、星川は昨夜《ゆうべ》の売り上げをたしかめ、店の掃除をした。

皆、いろいろやることはある。

日之助がもどるとすぐ、源蔵も冊子を持って来た。

妙な顔をしている。

「どうしたの、源蔵さん？　変な顔して？」

「これは、おこうさんの句なんだけどな。おれも、すっかり忘れていて、これで気がついたのさ」

付箋《ふせん》をしたところを開いた。

「なんですか？」

「ほら、これ」

と、源蔵が句の下の文字を指差した。

「大鈴……」

「おこうさんの号だよ」

「そうだったんですか」

小鈴がうつむいた。

三人は、そんな小鈴のようすを静かに見つめた。

「やっぱり、おこうさんは小鈴ちゃんのことを忘れたときはなかったと思うぜ」

と、星川が言った。

「はい」

小鈴は気を取り直して、句集をめくった。

一冊に二、三作ほど大鈴の句がある。

「あ、これ」

気になる川柳があった。

楽屋ではお姫さまでも茶碗酒　大鈴

「これってお姫さまは役者ですね。楽屋で役者が茶碗酒を飲んでるんだ」

「そうだな」

お姫さまに扮《ふん》した役者が、化粧を落とさないまま、あぐらをかいて茶碗酒を飲んでいる。母がほんとに見たとも思えないが、笑ってしまう光景である。

「これは意味がわかんないけど」

と、別の句を指差した。

夜遊びの薬につける昆布《こぶ》するめ　大鈴

「昆布《こんぶ》とするめてえのは、婚姻の席にかならず出てくるだろ。夜遊びの止まらない若い男には、早く嫁を見つけてやれという意味さ」

源蔵が解説した。

「なるほど」

母がこんな句をうんうんうなりながらつくっていたと思うと、なんとなくおかしい。

母の新しい顔。死んでからも、いろんな顔を見せてくれている。

「バレ句もありますね」

「そうだな」

「けっこうきわどいじゃないですか」

「ああ」

源蔵はまるで自分が書いたように恥ずかしそうな顔をした。

「母さんがね」

笑ってしまう。まさか娘に読まれるとは思っていなかっただろう。

だが、バレ句よりは食べものの句のほうが多い。

「男が置いていった酒とするめも、これから取ったんじゃないんですか?」

「そうだな」

源蔵がうなずき、

「間違いねえな」

「その川柳の師匠をめざしていた若者は、うまくいって、金まわりもよくなったんですよ」

星川と日之助も賛成した。

「ただ、なんでそんな遠回しな出世払いになったんだろう？」

と、日之助は首をかしげた。

「あたし、さっきは悪いことして儲けたから、堂々と持って来られないのかなとも思ったんですよ」

「なるほど」

「それだ」

「じゃあ、盗品か」

「でも、母にかわいがられた人でしょう？　そんなことします？」

「そうだよ」

「おこうさんはそんな野郎はかわいがらねえ」

「おこうさんもそんなことされたら怒るよ」

「あ、もしかしたら……」

小鈴はふと思った。

「なんだい？」

「自分が夢見て、母も期待した方向とは、まったく別の道で成功してしまったんじゃないでしょうか」

人生には、そういうこともあるのではないか。

思いがけない才能を秘めていて、そっちが開花してしまったりすること。

だとしたら、大手を振ってやって来ないで、申し訳ないような気持ちで、出世払いを試みたりもするのではないか。

そういう自分だって、十年前まではまさか飲み屋の女将になっているなんて、想像すらしたことがなかっただろう。たぶん、母だって、母子二代で飲み屋の女将になっているなんて……。

「そりゃあ、面白いな」

「冴《さ》えてるねえ、小鈴ちゃん」

「たしかめたいねえ」

三人が口々に言い、

「それは当人に訊きましょう。また、きっと来ますよ」

小鈴が微笑《ほほえ》んだ。


大塩平八郎《おおしおへいはちろう》は朝から本所深川界隈《かいわい》を歩きまわっていた。いまは、竪川《たてかわ》沿いの緑町に来ている。

絵師の葛飾北斎《かつしかほくさい》の家を探していた。

天下にその名を知られた絵師である。しかも、生まれた土地である本所に住んでいるという。であれば、その家はすぐに見つかるだろうし、そこはさぞ立派な家なのだろう――そう思って来た。

これが見つからない。

影には追いつくのである。

「ああ、北斎さんかい。三月《みつき》くらい前はそこの長屋にいたけどね」

と、かなりみすぼらしい長屋を教えてもらえる。膨大な仕事をこなす有名な絵師の家とはとても思えない。

「ほんとにここが？」

「ええ、ここに娘さんと二人で住んでましたよ。ずっと絵ばっかり描いてましたがね」

「引っ越し先はわかるかな？」

「入江町に越したとは聞きましたが」

その入江町に行けば、

「北斎先生は、ここには十日ほどしかいなかったよ。あの先生はのべつ引っ越ししてるからね」

「それでどこへ越して行ったのかな？」

「深川の常盤町《ときわちょう》と言ってましたぜ」

こうして、深川の常盤町に行けば、

「北斎？　ああ、なんか越して来るはずだったのがやめたとかって話は聞いたぜ」

という始末だった。

大塩は呆《あき》れた。それでよく、仕事をしていけるものである。

北斎だって注文をもらわなければ飯の種にはならないはずである。だが、居所がわからなかったら、注文のしようがないではないか。

——そうか。出版元で訊けばよいか。

大塩は両国広小路に出て浮世絵を売る店を探し、北斎の富嶽《ふがく》三十六景を出しているのが、馬喰町《ばくろちょう》二丁目の西村屋《にしむらや》与八《よはち》であることを知った。馬喰町は両国広小路からもすぐである。

「葛飾北斎さんのお宅？」

手代《てだい》は怪訝《けげん》そうな顔で大塩を見た。

「当藩の屋敷で襖絵《ふすまえ》を頼もうと思ってな」

大塩はとぼけた顔で言った。

「そうですか。なにせ、あの先生は名前をしょっちゅう変えるばかりか、居所も転々となさいますので」

「それではこちらでも仕事を頼めぬではないか」

「向こうからいらっしゃいますので」

「こっちからは行けぬのか？」

「そうですね。お弟子さんの家をお教えします。そこで訊けばたぶんわかります」

こうして、北斎の身の回りの世話などもする若い弟子の家を教えてもらい、緑町二丁目にやって来たのである。

すでに夕方になっていた。疲れはないが、一日中、影を追いかけていて、なにか取りとめのない、ぼんやりした思いがある。

弟子の家はすぐわかった。おかしなことに北斎が住んでいた長屋よりはるかにこぎれいな長屋である。

だが、大塩は長屋の前で足を止めた。

——北斎も逃げまわっているのではないか。

そう思ったのである。

でなければ、これほど頻繁に引っ越しを繰り返すのは変ではないか。

逃げているのなら、ここでもそうかんたんには教えてもらえないだろう。

——なにか、策がいるか。

と、大塩平八郎は思った。

四

翌日——。

日之助が芝浜に立つ小さな市に行くというので出て行き、小鈴が四ノ橋に近い新堀川の川原でつんできたふきのとうをゆがいていると、入口で音がした。

すぐにあの人だと思った。おそらく小鈴しかいないのを見計らって入って来ているのだろう。

「どなた?」

しらばくれて訊いた。

「これ、料理に使ってみてくれ」

大きめの木箱を縁台にそっと置いた。

箱の中はもみがらである。

中身はすぐに見当がついた。生玉子が入っている。もみがらは殻が割れたりしないように敷いてあるのだ。

すぐに母の川柳を思い出した。

生玉子しょうゆの雲に黄身の月　大鈴

母も玉子かけご飯が好きだったのだろうか。

男は踵《きびす》を返した。今日も、なにか話すつもりはないらしい。

「待ってくださいよ」

「いや、いいんだ、いいんだ」

なにがいいのかわからない。

小鈴は前の道に出て、男の背中に言った。

「もう、出世払いは終わりにしてくれていいですよ」

「え？」

逃げる足の速さが遅くなった。

「あとは昆布か大根でも持ってきてくれるつもりなのかな？」

母の句にあった。

大根ですだれのできる寒いこと　大鈴

沢庵《たくあん》漬けをつくる前に、軒下に大根をずらっと吊《つ》るした光景だろう。

「………」

足が止まった。

男は目を見開きながら振り返った。

「あんた、おこうさんじゃねえよな?」

「長五郎《ちょうごろう》といいます」

と、男は頭を下げた。手ぬぐいの頬かむりは取っている。

ちょうど日之助がもどり、星川も顔を出したので、長五郎と向き合うように四人が樽に腰をかけた。源蔵は、番屋に寄ってから来るので、遅くなるらしかった。

「母の川柳のお師匠さん?」

と、小鈴が訊いた。

「いやいや、師匠なんかじゃねえ」

恥ずかしそうに手を横に振った。

お茶目な感じと、内気なところが同居しているような表情である。小鈴はちらりと、母がかわいがったのがわかる気がした。母の好み。ここの三人の男たちもときおりそんな表情をする。

「おいくつですか？」

「この春、二十八になりました」

日之助よりも若い。

「やっぱり、出世払いだったんですか？」

「ええ、まあ、そんなつもりで」

「母とはそんな約束が？」

「約束というほどでもないんですが、おこうさんはあたしが川柳を学んでるって言ったら、ここで人の愚痴とかを勉強したらいいって。出世払いにしてあげる。長五郎さんが選者になった句集で払っておくれってね」

「そうでしたか」

「でも、諦めたんですよ。やっぱり才能はないんです」

「母はあるって言ってたそうですよ」

「いやあ、あたしなんかよりおこうさんのほうがはるかに才能はありました。現に、おこうさんのは選に入ってるでしょ。いっしょに出したときも、あたしのは一句も入ってません。おこうさんの真似して、号は大物にしたんですけど、小物でした」

「やあね、小鈴みたい」

「え？」

星川と日之助は笑ったが、長五郎はきょとんとしている。

「あたしの名前、小鈴なの。だから、母は大鈴」

「あ、そうだったんですか……それで、おこうさんの期待は裏切るけど、あたしも飲み屋でもやるかと、地元の愛宕下《あたごした》で飲み屋をはじめたら、不思議なもんですよね」

「流行ったのね」

「これがまあ、客が途切れるときがねえくらいで。広さはここの三、四倍はあります。五十人以上入ります。それが毎晩、いっぱいになるんです。なんなんでしょうね」

　長五郎が首をかしげると、

「やっぱり、才能なんだよ。あの酒も、するめも、長五郎さんが選んだんだろ？」

　と、日之助が言った。

「選びました。適当な値で仕入れられるうまい酒はずいぶん探して、ようやくあれにしようと。名前が悪いのも、酒がうまければ逆に話題になって、客を集めてくれるはずだと思いました」

「ほら。それでも才能がわかるよ」

「店をはじめて、半年ちょっとで完全にいい流れができました。あのときのお返しをするくらいは充分儲かった。でも、おこうさんは、たぶんお金を受け取らない。だいいち、いくらくらいになるかもわからねえ。ほんとは選者をやった句集がいちばんなんだけど、それはあるわけない。それで、おこうさんの川柳を思い出し、縁のあるものを置いて帰ったら、あたしの気持ちも察してくれるかなと」

　長五郎は頭を掻《か》いた。

「でも、飲み屋で儲かったからって、別に恥ずかしがることはないんじゃないの？」

　小鈴が慰めるように訊いた。

「よく、言ってたんです。飲み屋の女将に負けたら恥だとかなんとか、生意気なことを」

「それが自分で飲み屋になっちゃったら世話はないって？」

「でしょう？」

「そう思ってもおかしくはないですね」

　小鈴がそう言うと、星川と日之助もうなずきながら笑った。

「こんなやり方も、長五郎らしいって思ってくれるような気がしたのでね。まさか、おこうさんがそんなことになっているとは」

「はい」

　さっきかんたんに話をしたのだ。

「どうか、安らかに」

　長五郎は座ったまま手を合わした。

「あんた、おいらたちとはあまり会わなかったよな？」

と、星川が訊いた。

「早いうちに来て、長居はせずに帰ってましたから。でも、川柳が好きな人がいたでしょ。体格がよくて、大声で笑う人。たしか、瓦版屋をされていた」

「源蔵だ」

「その人とはよく会ってました」

「そうだったかい」

「ほんとにいい女将さんでしたよね」

長五郎がしみじみと言った。

「ありがとうございます」

小鈴は頭を下げた。母がほめられると、やはり嬉《うれ》しいのだ。

「うちもいま、四人の女を店に置いてます。もう一軒、別の店を出すので、誰かを女将ということにして、店をまかせようかと思ってます。ところが、おこうさんのことを思い出してしまうと駄目ですね」

「そりゃあね」

と、日之助が言った。

「小鈴さんがやってくれるなら、店の売り上げの半分を渡してもいい」

「そんなことできるか」

星川がむっとして言った。

「長五郎さんもそのうち店の合間を見て、また川柳をやったほうがいいんじゃないですか？」

と、小鈴が言った。

こんなに若くて夢を諦めるのはもったいないのではないか。

「いや、それはしばらくやめときますよ。おこうさんにも言われていたんです。長五郎さんの川柳は歳を取ってからが面白くなるって」

「そうなの」

「もっと他に才能があったら、そっちを頑張ってから川柳にもどる道もあるよって」

「そこまで見えてたのかなあ、母は」

自分の夢を諦めてはいけないというのは、母の信念だったはずである。だが、他人に言うときはもう少し柔軟だったのかもしれない。

「おこうさんは人を見る目があったからね。訊いたことがあったんです。たとえば、若い絵師だの戯作者《げさくしゃ》だの役者だのを見て、こいつは伸びるなとわかりますかって？」

「なんて言いました？」

小鈴も興味がある。

「難しいって言ったかな」

「ですよね」

小鈴は大きくうなずいた。それはやはり難しいと思う。

「運次第ってとこもあるからって。でも、粘り強い人は、運がめぐってくるまで待てるから、粘り強さは大事だって」

「粘り強さか」

それなら母の信念とも一致する。

「あとは、やっぱり伸びる人はどこか変だとは言ってましたよね。人間のでこぼこしたところに才能があるみたいだから、やっぱり変なふうに見えるくらいのほうが伸びる気がするって」

「それで目をかけたのが、長五郎さん？」

「いや、まあ。それと、おこうさんは新しい学問をする学者みたいな人には甘かったんじゃないかな。蘭学《らんがく》を一生懸命やっている人のことは助けてあげたそうにしてましたよ」

「蘭学？」

うつむいていた星川が顔を上げた。

「ええ。あたしも蘭学をやろうかなって思ったくらいでした」

と、長五郎が言った。

「あんたもね」

星川と日之助は顔を見合わせ、苦笑した。自分たちと同じようなやつがここにもいたのかというような、自嘲気味の笑いだった。

五

戸田吟斎が巴里の民衆の騒ぎについて知ったのは、長崎のシーボルト塾で学んでいたときだった。いまから十二、三年ほど前になるのか。

それまでも、まるで知られていないわけではなかった。幕府天文方の高橋景保《たかはしかげやす》が、それについて書いた書物があるとは聞いたが、なかなか入手できずにいた。しかも、その記述はかなり誤りだらけのものだったらしい。

民衆が騒乱を起こし、まつりごとの実権を握った。

その話を聞いたとき、吟斎の胸は激しくときめいた。くわしく知りたい。吟斎はシーボルト塾や出島の人たちから話を聞き、わからないところは想像によってつなぎ、ふくらまし、『巴里物語』を書いたのだった。

むろん、それは版に起こしたわけではない。手書きのままだった。

高橋景保の記述よりはいくらかくわしくはなっていただろうが、しかし、それもまた誤りだらけであったことは自分でもわかっている。だが、あの記述には興奮があった。あふれるばかりの夢や希望があった。そういったものが感じられたから、読ませた者の胸を打ったのだろう。

吟斎はそれをもっと正確なものにしたかった。

そして、ついに三度目の長崎遊学の途中、漁船を乗り継いで国外へと飛び出したのだった。

国外渡航は禁じられていたにもかかわらず、上海には少なくない日本人がいた。それは驚きだった。しかも、日本人は巴里にだっていたのである。

吟斎が訪れた巴里は、騒乱はすでにはるか彼方《かなた》のできごとになって、その後、皇帝となったナポレオンも失脚、ふたたび王朝が復権していた。もっとも以前の王朝よりは民衆の締めつけはだいぶゆるくなっているとのことだった。その、最初の動乱のころでさえ、巴里に日本人は来ていたというのである。

書物や名を残すわけでもなく、そのまま日本にもどらず亡くなってしまった日本人は世界中に少なからずいるのだ。そうした人たちの聞き書きはかなり面白い物語になることだろう。

——わたしが垣間見《かいまみ》た巴里の姿にしても、それを書きつづれば、どれほどの衝撃を与えることになるか……。

巴里の地を踏めたのは奇跡のようなものだった。

上海で知り合った清国人の張がいっしょだったからできた旅だった。

日本を出たら、蘭語などまったく通じなかった。欧州における阿蘭陀《オランダ》の存在感など、取るに足らないものだった。

むしろ、漢字の筆談は役に立った。なにせ清国人は日本人よりもはるかに多く、世界中ありとあらゆるところに散らばっていた。もちろん、巴里にも清国人はいて、吟斎もよくまちがえられたものだった。

石でできた町、巴里。しかも、そこには石炭を燃やした力で走る巨大な鉄の車が走っていた！

だが、民衆の表情は想像と違った。笑顔や生き生きとした表情もないではなかったが、むしろ疲弊が目立った。猥雑《わいざつ》な感じもした。江戸にもどってきて思ったのだが、かえって江戸の人々のほうが快活で元気そうだった。それは不思議な、どこか納得しがたい感想であった。

――ん？

物音がした。

鳥居耀蔵が来たのだ。また議論が始まる。

このところ、船に乗っているらしい。日焼けもしている。海防について調査しているとも語った。その仕事の合間に、こうして議論をしにやって来る。

今日は酒どっくりを手にしている。

檻の前に座って鳥居は言った。

「さあ、この前のつづきだ。自由の話をしよう」


大塩平八郎は麻布網代町《あみしろちょう》に来ていた。

ここの油屋の二階に北斎は寄宿しているのだ。一階の油屋は、間口も十間（およそ十八メートル）を超えるほど大きな店だった。この店のあるじも絵を描くらしい。たぶん北斎の弟子なのだろう。

この家は、本所緑町の北斎の弟子のあとをつけて見つけた。

大塩はかなり大きな嘘をついた。

「じつは、当藩の上屋敷の大広間の襖絵を頼みたい。礼金は千両」

「え、千両！」

弟子は目をむいた。

「ただし、狩野《かのう》派がよいのではないかという声もある。北斎どのの早急な返事がもらえぬなら、そちらに仕事を頼むことになるだろう」

「明日、お返事します。もう一度、お越しいただけませんか？」

焦ったように訊いた。

これですぐ飛び出すだろう。

案の定、弟子はすぐに住まいを飛び出して走った。

大塩は、このあとを追った。これが北斎の居場所を知るための策だった。とびきり多額の礼金を言えば、弟子は慌てて北斎に報告するだろう。案の定だった。

本所緑町から舟も拾わず、早足で来たのがここ麻布網代町だった。

弟子はすぐ、二階に上がった。

興奮した顔でなにか言っているのが聞こえた。

北斎は窓辺に立ち、弟子のほうを見て言った。

「やらねえよ」

その声ははっきり聞こえた。

「千両出すってことは、いろいろ注文もあるんだ。あんまり注文が多いと、おれの描きてえ絵と違ってきちまうんでな」

弟子はまさか断わるとは思ってなかったらしい。

大塩もそのほうがありがたい。

千両を当てにして引き受けられたりしたら、嘘だというのが気まずい。断わってくれたなら、そんな思いはせずにすむ。

ただ、その夜は北斎を訪ねなかった。

夜というのは、初めて会うときには警戒する気持ちを抱《いだ》かせがちである。昼間、堂々と訪ねるべきだろう。

そう思って、今日、ここに来た。

油屋は繁盛していて、樽を積んだ荷車が始終出入りしていた。小売りもするようだが、中心は問屋としての商売のほうらしかった。

北斎が外に出てきた。

あらためて見ても大きな身体である。肥えてはいないが、背が高い。

紙と矢立を持っている。そこらで絵を描くつもりらしい。

高台のほうに向かった。齢《よわい》八十に近いと聞いているが、かくしゃくとしている。

坂道を苦もなく上って行く。

大塩平八郎はほかに尾行する者がいないのをたしかめ、後ろから追って行き、

「もし、葛飾北斎どの」

「え？」

ぎょっとした北斎に向かって、

「お話しいたしたきことが」

真摯《しんし》な顔で言った。

第二章　鎧を着たまま

一

「ようよう、ちあきちゃんよ」

常連で太鼓職人の治作が、湯屋で働いているちあきに声をかけた。

「ふん」

ちあきがそっぽを向いた。

「聞いてる、ちあきちゃん？」

「聞いてない」

ちあきはこの前の喧嘩《けんか》から治作のことを怒っているのだ。

「なんだよ、まだ怒ってるの？」

「怒っちゃいないけど、あんたとは口ききたくない」

「もう蓮っぱだとかは言わないよ」

「当たり前だ」

「かわいい顔して怒るなよ」

「ばあか」

「なんだよ、馬鹿とは」

「馬鹿だから馬鹿と言ってんだろ」

そこへ、小鈴が割って入った。

「ねえねえ、もうやめときな。治作さんも、もうしばらくちあきちゃんは放っておいて。怒りがおさまるまで」

「ああ。ただ、面白い話を聞いたので教えてあげようと思っただけなんだ」

「うん。じゃあ、言ってみて」

と、そう言った小鈴が、慌てて戸口のほうに行った。酔っ払った常連客が出て行こうとしていたが、足元がひどく危なっかしい。

「留五郎《とめごろう》さん。危ないよ」

小鈴は袖《そで》のところを持った。

「大丈夫だよ」

「でも、足元がおぼつかないよ。お茶を一杯だけ飲んで帰りなよ」

「駄目だ。酔いが醒《さ》めたら勿体《もったい》ないだろうが」

小鈴と酔っ払いの留五郎のやりとりはまだかかりそうである。

「なに、面白い話って？」

と、ちあきがそっぽを向いたまま、治作に訊いた。

「あのな……」

「あたしのほうを向かないで、そっちを向いたまま言って」

「ちっ。夜中にな、ここの一本松坂を鎧兜《よろいかぶと》をつけた武者が走るんだって」

「鎧兜の武者が？　夜中に？」

ちあきの顔が強張《こわば》った。

「いまどき、戦でも鎧兜なんかつけないぜ、たぶん」

「じゃあ、何よ？」

と、ちあきが訊いた。

「決まってるだろう。これだよ」

と、治作は両手を胸のところでだらりとさせた。

「やあだ」

「ここは有名なんだぜ。出るので。源平合戦のころの話さ。ちあき、知ってるか、源平合戦て？」

「馬鹿にするなよ。源平合戦を知らなくて、芝居が観られるかってえの」

ちあきはお九に負けず劣らず芝居好きである。

「その一本松は、昔から武士の首が転がったりするので有名なんだ」

「ああ、もうやだ。聞きたくない」

「あれ、ちあき、知らなかったの？」

「知ってるよ。この前もお九さんからたっぷり聞かされたんだから。ま、いいや。あたし、夜はここから上には絶対に行かないから」

と、そこに小鈴がもどって来て、

「大丈夫かな、留五郎さん」

「平気だよ。すぐ下なんだから、あの人ん家《ち》は。転がったって、家の前まで行けるよ」

と、ちあきは笑って言った。

「そうだね」

「それより、治作の面白い話って聞いた?」

「なに、どうしたの?」

と、小鈴があらためて訊いた。

「夜中に鎧兜の武者が走るって話。身体中に矢が刺さり、顔は血だらけの凄まじい形相で、この坂を駆け上っていくのさ」

と、治作はいかにも怪談めいた口調で言った。

「あ、それね、あたし、この目で見たよ」

小鈴は軽い調子で言った。

「なんだ、そうなの」

「そこの坂をぜいぜい言いながら上って行ったの。夜、寝る前に窓を開けたら、ちょうど通って行ったんだよ。誰かに追いかけられてたら、大声でも出してあげようかなと思ったけど、後ろからは誰も来ないし、助けを呼ぶ声もなかったし。そのままにしちゃったよ」

「あ、見たの？　それは運がいいね」

と、治作が言った。

「運がいいって言うのかしら。皆、見てるんでしょ？」

「噂はあるけど、じっさいに見たのはそうたくさんいないんだよ。かなり夜中になってからだから」

「うん。けっこう遅くなっていたと思う」

「鎧兜って、菊人形の義経が着てるみたいな、あんなきらびやかなやつ？」

と、ちあきが訊いた。

「そうだね。でも、なんか違ってたかな」

「どこが？」

「どこだったんだろう？　なんか、変とは思ったんだ」

「そりゃあ、幽霊だからだろ」

と、治作が言った。

「幽霊？　あれが？」

小鈴は素っ頓狂な声を上げた。

「幽霊じゃないのかよ?」

「違うよ。見たときも、幽霊だとはまったく思わなかったよ」

「じゃあ、なんだよ。ほんとの戦があって、それに駆けつけるところだったのか?」

「戦とまではいかなくても、喧嘩くらいはあったんじゃないの?」

「鎧兜を着てやるような喧嘩だったら、大騒ぎになってるぜ。そんな話は聞いてないよ」

と、治作は首をかしげた。

「でも、あれは絶対、幽霊なんかじゃないね」

小鈴はきっぱりと言った。


「あ、北斎さん」

いつの間にか来ていた。気づいたら、入口わきの壁ぎわの樽に座っていた。

もっともいつもこの調子である。腕組みして考えごとをしながら、ふらっと入ってくる。こっちがしばらく気づかないでいたら、そのまま帰ろうとしたこともある。

ただ、今日はなんとなくようすがおかしい。元気がないというのではないが、眉間に皺《しわ》を寄せている。

「なに召し上がります?」

小鈴が訊くと、北斎は静かな声で言った。

「食うものはなんでもいい。ちっと小鈴ちゃんに頼みがあるんだ」

「はい」

「おこうさんの娘と見込んでのことだぜ」

「え」

なにか、ただならぬ雰囲気である。

母の娘と見込んで……。葛飾北斎が……。断われるわけがない。

女がすたるような気がする。俠気《おとこぎ》みたいな気持ちが湧いた。「お俠《きゃん》だね、小鈴も」

どこかで母の声もした。

「明日の夜、ここに人を連れてきたい。話があるんだ。弟子の家や、そこらの飲み屋じゃ話せねえ。本所のおれのところも見張られてるかもしれねえ。しかも、連れて来る男も、あまり人に見られたくねえ。となると、ほかはあまり思い当たらねえんだ」

「はい」

「ここをつくった元同心たちは皆、店がはねたら家に帰るんだろ？」

「帰ります」

一時、危機が迫っているというので、三人が交互に泊まり込むようなことになったが、星川と平手《ひらて》造酒《みき》が二人の武士を倒したので、それはやめになっていた。

「小鈴ちゃんが一人のときに入れてもらいてえ」

「わかりました」

「話は聞かないほうがいい」

「それは困ります」

「なんで？」

「あたしが女将をさせてもらっている店です。あたしが知らない話をされるのは嫌です。いざというとき、星川さんたち三人に対しても申し訳が立ちません」

「でも、知ってしまうと、逆にまずいことになるぜ」

「それは貸すと言ったからには覚悟します。あたしに話を聞かれたくなかったら、他を当たってください。あたしは他言はしません」

胸を張って言った。

「そういうところは、おこうさんにそっくりだぜ」

「そうでしょうか」

「わかった。じゃあ、聞いてもらって構わねえ。向こうも嫌なら話さないだろう」

「ありがとうございます」

「明日の夜は裏から入るかい？」

「裏？　裏なんかありませんよ」

「そんなわけはねえ。そこにあるじゃねえか」

「それは厠《かわや》に行くだけです」

「ここは、おこうさんが見つけた店だろ？　そこらの細道をたどってみな。意外なところに出たりするから」

「え？」

「じゃあ、明日は表から入るよ。のれんが降りていたら戸を叩くぜ」

「わかりました」

二

翌朝——。

一ノ橋近くは、勤め先に向かうお店者《たなもの》や市場からの帰りの者などで人通りが多い。

その人の流れの中に、岡っ引きの源蔵が途方に暮れたような顔で突っ立っていた。

足元に、筵《むしろ》をかけられた遺体がある。

「はい、邪魔だ。行って、行って」

近くの番屋の番太郎が、不機嫌そうに野次馬を追い払っている。

そのようすを見ながら、

「参ったぜ」

と、源蔵はつぶやいた。

殺しを扱うのは、岡っ引きになってから初めてである。自分でも思ってもみなかったくらいに、緊張していた。やはり瓦版を書くのとは緊張感がちがう。瓦版のときは野次馬の気持ちだが、こっちは当事者である。

いまは、定町回《じょうまちまわ》り同心の佐野《さの》章二郎《しょうじろう》が来るのを待っている。

星川でも通りかかってくれれば頼りになるが、こういうときに限って通らない。

「ねえ、源蔵さん」

と、後ろから声がかかった。

「よう、お九か」

「殺されたんでしょ？」

「女の見るもんじゃねえ。あっちへ行け」

源蔵は手で払うようにした。

「見ないけど、話を聞くだけ。ねえ、鎧を着たまま殺されていたんだって？」

「まあな」

誰かに聞いて、駆けつけて来たのだろう。噂はたちまち町内を駆けめぐる。瓦版屋をしていた時分も、この噂の速さといつも競い合っていた。せっかく面白おかしい話を書いても、先に噂になっていたら買うものはいない。

とくに、湯屋だとか髪結い床あたりは噂が集まるところである。

「例の幽霊話と関わりはあるのかな？」

「なんだ、例の幽霊って？」

「あれ、知らないの？」

「知らねえよ。なんだ、早く言え」

源蔵は苛々《いらいら》して、お九を叱るように言った。

「ちあきが言ってたけど、〈小鈴〉でも噂になってたんだよ。鎧兜で夜中にここらを走る男のことは」

「そうなのか？」

昨夜は店にもどるのが遅くなったので、あまり話もせず、家にもどって寝てしまった。

お九からくわしい話を聞いた。

「夜中に鎧兜の武者が坂道を走るってか」

「噂では幽霊だってことになってたのよ。でも、小鈴ちゃんは、幽霊じゃないって」

「小鈴ちゃんがな」

小鈴の勘は鋭い。あるいはなにかを見たのかもしれない。

「その鎧兜の男がこの殺された男なんでしょ？」

と、お九が訊いた。

「そりゃあ、わからねえんだよ。おれたちはとにかく噂だのに邪魔立てされず、じっくりほんとのことを見つめなくちゃならねえのさ」

そう言って、お九を追い払った。

それからまもなく――。

ようやく定町回り同心の佐野章二郎が来た。佐野はまだ若く、定町回りへは大抜《ばっ》擢《てき》されて担当することになった。

「よう、源蔵」

「どうも」

「ちょうど、源蔵に相談しようと思ってたのさ。例の茂《も》平《へい》殺しの件でな」

「なにか？」

「星川さんが斬《き》った武士の身元はまだわからねえ。茂平といっしょにいた男も調べは止まってしまった。完全に手詰まりだよ」

「そうですか」

「どこから洗い直そうかおめえと相談しようと思ってな」

「だが、こっちが先になりましたね」

と、源蔵は足元の死体を指差した。

「そうだな。遺体は見たのか?」

佐野は強張った顔で訊いた。

「ええ。旦那もどうぞ」

「堀田《ほった》さんが来るからな。もうすこし待っていようや」

堀田順蔵《じゅんぞう》は臨時回りの同心である。年齢もだいぶいっていて、たしか星川よりも上と言っていたのではないか。その大先輩に、検死のほうもやってもらいたいらしい。佐野は遺体を見たくないのだ。

しばらくすると、その堀田がやって来た。中間《ちゅうげん》二人と岡っ引きを一人連れている。

「よう。殺しだってな」

堀田は源蔵を見ながら言った。

「ええ。お疲れさまです」

「源蔵が十手《じって》を持ったら、ここらは物騒になったんじゃねえか」

堀田は冗談とも本気ともつかない口調で言った。

筵をめくった。

「ほう。面白《おもしれ》え死人じゃねえか」

「ええ」

「ここらで合戦でもあったかい？」

鎧兜をつけている。ただ肩当てなどはない。兜と胴だけで、単純なかたちは戦国時代に流行った当世具足《とうせいぐそく》と呼ばれたものである。その鎧《よろ》われていない背中をばっさりやられている。

「ひっくり返してみな」

堀田が連れてきた中間たちが、遺体を仰向《あおむ》けにした。

太股《ふともも》にも刺し傷があった。

太股と背中。せっかくの鎧兜はなんの役にも立たなかった。

「太股が先だな」

堀田がまた源蔵を見て言った。

なぜ、佐野を見て言わないのかと思ったら、佐野はここから離れて、川の縁でえずいていた。

「そうですか」

「ああ。太股を刺され、逃げようとして、後ろからばっさりやられたんだ。最初はあそこ。それで五、六歩あるいて、そこで背中を斬られ、さらに二、三歩逃げて、ここで倒れた」

堀田は血のあとを指差しながら言った。

「なるほど」

源蔵はうなずいた。さすがに長年やってきただけある。元同心の星川も、これくらい見抜いてしまうのだろう。星川がかなりの腕利きだったとは、そこらじゅうの番屋で聞くことができる。

堀田はさらに遺体を見て、

「血の乾き具合からして、殺されたのは真夜中だろうな。こっちの道は人通りは絶えるし、辻番も二ノ橋のほうまで行かねえとないしな」

そう言って、周囲を見回した。

堀田が言ったとおりで、この川に沿った道は大名屋敷が並び、いまの時刻になれば人は大勢行きかうが、夜中は山の中みたいに寂しくなる。そんな夜中に、男が鎧兜を着込んで、なにをやっていたのか。

「身元はまだわからねえのか？」

「ええ」

ここらの町役人を招集しているが、まだそろっていない。いくつかの番屋の町役人に訊いた限りでは誰も知らなかった。

「誰か知ってる者はいねえか？」

堀田が周りの野次馬に訊いた。

何人かが出てきて、筵の下をのぞきこむ。死体は三十くらいか。苦悶のあとは消え、静かに目を閉じている。

そのうちの一人が、

「あ、これは伊助《いすけ》じゃねえか」

「知ってる男か？」

「ええ。坂下町に住む船頭です。猪牙舟《ちょきぶね》を持っていて、そこらで客を拾っています」

小鈴は朝起きて、身支度をすませたあと、昨夜、北斎が言っていたことが気になりだした。

おこうさんが見つけた店だろう。細道をたどれば、意外なところに出たりする……。たしか、そんなことを言っていた。

裏戸を開けて、外に出た。

今日は風が冷たい。

厠の向こうは寺の墓場になっていて、しかもかなり急な崖のようになっている。身の軽い者なら上り下りもできなくはないが、わざわざこんなところから来る人はいない。

両隣もここの火事といっしょに焼けたらしいが、いまは新しい家ができている。坂の上に当たるほうが仏具やお墓参りに必要なものを売る小さな店。坂下のほうは三味線の師匠で、誰かのお妾《めかけ》さんになっているらしい。

小鈴は前のようすを知らないが、星川たち三人の話では、どこも以前と同じようなつくりになったとのことだ。

坂下のほうは、数軒先がよその家の庭になっていて、竹垣で行きどまりになっている。

坂上のほうはすこし上って行くと、さらに二手にわかれた。右に曲がるのと、ほぼまっすぐの上り道。右の道の先は急な段差になっていて、そこは上れないのがここからも明らかである。まっすぐのほうは、さらに細くなってつづいている。

——これのこと？

両側はどちらも大きな寺で、墓地になっているはずである。人気《ひとけ》はまったくなく、昼でもなんとなく気味が悪い。

一町（およそ百十メートル）ほど先で、また二手にわかれているみたいである。とりあえず、そこまでたどってみることにした。

肩をすぼめるようにして細道を進む。塀の上に三毛猫がいた。

「こんな道があったんだね」

話しかけると、

「みゃあ」

と、面倒臭そうに返事をした。餌は足りているらしい。

わかれ道は右が上り坂、左が下り坂である。上っていくと土地が開けるのはここからもうかがえる。たしか、あそこは三、四百坪くらいの畑になっていたような気がする。

下り坂のほうを行った。

――こんな道、誰が通るのだろう。

寺同士で塀をいっしょに使うのはいろいろ面倒があるのかもしれない。あるいは、火事などの避難のときも、こうした道はあったほうがいいのかもしれない。

だが、ふだんはまったくといっていいほど、人は通っていないはずである。ただ、いちおう草をむしって片づけている気配はあるので、誰かが気にはかけているのだろう。

道がすこし広くなった。片側が竹林になった。深い竹林ではなく、寺の参道を飾るように長くつづく竹林である。ここはたしか、善福寺の参道ではないか。

町人地が現われ、ようやく広い道に出た。広いといっても、いままでが狭すぎたからで、ちょっとした裏通り程度である。

――ここに出るのか。

善福寺の門前元町と呼ばれるあたりである。食べもの屋のほかにもちょっと怪しげな店もあったりして、一本松坂の通りより賑やかな感じがする。

どれくらい歩いただろう。おかしな、初めての道だったので長く感じたが、せいぜい四、五町といったところではないか。

母はこの道を知っていたのか。まさか、こういう道があるから、あの店を選んだなんてことは……。

小鈴は、母の秘密をたどった気がした。

三

飯倉新町の町役人が、坂下町に行って、殺された伊助の女房を連れて来た。そのころになってようやく、出かけていたという坂下町の町役人が、申し訳なさそうに肩をすくめながら顔を見せた。

伊助の女房はまだ若い。二十七、八といったところか。はかない感じがする美人である。

筵をめくり、顔を見せた。

「ひっ」

短く叫んで、両手を顔に当てた。

「伊助に違いねえかい？」

「はい。誰が、こんなことを？」

「いま、調べてるから待ってな」

と、堀田はやさしい口調で言った。

「ところで、鎧兜をつけてるんだが、これは伊助のかい？」

「うちの人のものかどうかわかりませんが、しばらく前からうちにありました」

「買ったのかな？」

「さあ」

「喧嘩でもするような気配はあったかい？」

「とくには」

「なんだろうな？」

堀田はそう言って、源蔵と佐野を見た。佐野はいつの間にか、またこっちに来ていた。

「ここらで武者の幽霊が出るという噂はあったんです」

と、源蔵が言った。

「幽霊？」

「ええ。そこの一本松坂を鎧兜の武者が走るという」

「ほう」

堀田が興味深げにうなずくと、

「あのう」

と、伊助の女房がおずおずと言った。

「なんだい？」

「その鎧兜は、あたしのせいなんです」

「あんたの？」

「浮気して、夜中にあたしに襲われることを怖がって、あんな恰好《かっこう》をして寝ていたりしてました」

「そうなのか？」

堀田は納得したらしい。

「じゃあ、一本松坂を走ったというのは？」

「それも伊助だと思います。あたしが怒って包丁を振り回した晩のことです。あの人、怖がって、ここを飛び出して行きましたから」

「まさか、あんたが？」

と、堀田は死人を指差した。

「それは違います。殺したのは、あたしじゃありません」

伊助の女房は、もう一度、泣きはじめた。


湯屋のお九は番台にいた。

毎晩、〈小鈴〉で飲んでいるが、遊んでばかりいるわけではない。朝いちばんの湯のようすを見、湯をわかすための薪《たきぎ》の手配をし、それから祖母と交代して番台に座り、夕方までいる。さらに、金の勘定や、必要なものの手配をし、暮れ六つ（午後六時ごろ）過ぎになって飲みに出るのだ。じつは、かなりの働き者なのである。

その番台の上で、客の噂話を聞いていた。

「殺された伊助てえのは、女房に怯えていたんだそうだ」

「なんでまた？」

「浮気だとよ」

「それはまた羨《うらや》ましいね」

「ところが女房はひどいヤキモチ焼き。伊助に包丁で斬りつけたりする。伊助はそれが怖くて、夜中も鎧兜をつけて寝ていたんだと」

「だったら、殺したのも女房なんだろうが」

「そう思うよな。だが、町方はそうは見ていないらしいぜ」

「なんで？」

「そんなことはわからねえよ」

二人はそんなことを言いながら出て行った。

「よう、若女将」

「え？」

見ると、〈小鈴〉で顔なじみの留五郎がいた。

「なんだ、来てたの」

「来てたのはねえだろ。それより、いまの話、聞いたか？」

「うん。聞いた」

「いまの話、源蔵さんは知ってるのかね」

「知らないでしょ。さっき、あたしが薪屋に顔を出したとき、源蔵さんに会ったけど、幽霊の話も知らないみたいだったよ」

「だったら教えてやったほうがいいんじゃねえか」

「そうよね」

「でも、あんた、番台にいなくちゃならねえだろ」

「代わらないよ、あんたと」

お九は冷たく言った。男は皆、湯屋の番台に座りたがる。

「代わらなくていいよ。それより、おれが源蔵さんに伝えてきてやるよ」

「あら、そう。じゃあ、頼むね」

いそいそと出て行った留五郎の後ろ姿を見て、つぶやいた。

「あいつ、けっこう親切じゃないのさ」

四

同心の堀田順蔵と佐野章二郎は、それぞれ中間を数人ずつ連れて、このあたりの聞き込みに出て行った。

源蔵は、女房のことが気になっている。町役人から聞いた伊助の家に向かった。

女房の名はおせいといった。半人前の佐野はともかく、堀田もおせいのことは疑っていなかった。背中の斬り傷は、包丁などでつくれるものではない。明らかに刀でばっさりやったもので、小柄なおせいにできるしわざではなかった。

ただ、源蔵はおせいの言葉になんとなく妙な感じがしていた。なんというのか、それは瓦版屋として大勢の人間の話を聞きつづけてきた者としての勘なのだが、つくりものっぽい言葉に思えたのである。

「え、ここが？」

長屋住まいではなく、一戸建てにいるとは聞いたが、こんなこじゃれた家とは思わなかった。船頭の住む家ではない。

「ごめんよ」

「あ、さきほどは」

おせいが頭を下げた。早桶《はやおけ》が置いてあり、坊主が経をあげていた。

「伊助は、ずっと昔から船頭だったのかい？」

源蔵は小声でおせいに訊いた。

「ああ、もともと船頭をしていたのですが、途中、お武家さまのところでしばらく中間になってたって聞いたことがあります」

「何年くらい前？」

「あたしと所帯を持ったのは二年前で、そのときはもう船頭でしたので。いつぐらいだったのか？」

「なるほどな」

と、家の中を見渡して、

「いい暮らしをしてるじゃねえか？」

「舟の稼ぎはいいみたいです」

「稼ぎがね」

渡し船ならともかく、たしかに舟賃というのは高い。庶民がやたらと乗るものではない。だが、こんな家に住めるほど儲かるだろうか。

「近ごろは夜遅くまで漕《こ》いでいることもありました」

源蔵の疑念を察したように、おせいは言った。

「ふうん」

吉原あたりまで往復していたのか。

「舟はどこに？」

「中ノ橋のほうにつないであるはずです。坂下町の伊助と書いてあるはずです」

「ちっと見させてもらうぜ」

源蔵は伊助の家を出て、舟を見に行った。また、もどって来なければならない。

通夜に顔を出す連中にも話を聞くのだ。

昼間は出ている舟が多いので、すぐに見つかった。

ごくふつうの猪牙舟である。真新しくはないが、古びてもいない。この舟がそんなに稼ぐのだろうか。

しばらく眺めていると、隣の舟がもどって来た。

「よう。この舟は出てることは多かったかい?」

十手を見せながら訊いた。

「いや、ここんとこ、出てるのは見たことがなかったですぜ」

「え?」

おかしな話ではないか。では、伊助はなにをしに、夜中に出ていたのか。

「昨夜も?」

「あっしは一日中見ていたわけではねえですが、昨日は朝、舟を出すときも、暮れ六つごろにもどって来たときも、ここにありました」

「ふうん。おめえ、この舟の船頭は知ってるかい?」

「そりゃあ顔ぐれえは。だが、口数の少ない男でしたぜ」

「らしいな」

「一度、お浜御殿の先で見たことがあります。そんときは、屋形船を漕いでました」

「屋形船?」

「ええ。もちろん、一人じゃありません。でも、まるで頭《かしら》のように大声で命令してましたぜ」

「船の名は？」

「ああ、そこまではちっと」

「いい話を聞かせてもらったぜ」

「何かあったんで？」

「ああ。殺されたんだ。背中をばっさり」

「なんてこった」

源蔵はしばらく下流のほうに歩いて、係留されている屋形船を見てまわった。

船の名は書いてあるが、それで伊助のものとわかるような船は見当たらなかった。

源蔵はいったん坂下町の番屋にもどって来た。

すると、店で顔なじみの客が源蔵を待っていた。

「よう。留五郎じゃねえか」

「じつは、お九の湯屋に入っていて、噂話を聞いたんでさあ」

「今朝の殺しのことかい？」

「ええ。それで、お九も聞いていて、それは源蔵さんに話しておいたほうがいいよって」

「聞かせてくれよ」

「じつは、殺された伊助というのは、女房に怯えていたらしいんで……」

と、留五郎はさっき湯屋で聞いた話を語り出した。

「おい、その話、もう出回ってるのかい？」

「ええ」

「いつ、聞いたんだ、それは？」

「ここで半刻《はんとき》（およそ一時間）ほど源蔵さんの帰りを待ってましたから、それよりちょっと前ですね」

「早いな、そりゃ」

源蔵は首をかしげた。

それは早すぎる。

伊助の女房に話を聞いたのがそれくらいである。あの女房はこっちが鎧兜のことを訊いたから、夫婦喧嘩のことまでしゃべったのだ。

だが、じつはそれより前に、噂がまわっていた。

近所の者が夫婦喧嘩のことも鎧兜を着て寝ることも知っていて、すでに噂になっていたのか？

だが、それだったら、ここらを走る鎧兜の男のことも、幽霊だという噂にはならない。最初から、女房を怖がる浮気男として、面白おかしく語られているはずである。

ということは――殺しがあったあとで、そのことをしゃべってまわっているやつがいるのではないか。

なんのために？　誰が？

源蔵は小鈴の勘が気になってきた。

源蔵が坂を上って〈小鈴〉にやって来ると、星川がたすきがけで店の表の掃除をしていた。

「よう、殺しがあったんだってな？」

「もう聞きましたか？」

「お九さんだの、留五郎だのが入れ替わり立ち替わりやって来て、夜中にこのあたりを走っていた幽霊が殺されたって」

「ええ。そうなんです。瓦版屋のときは殺しなんて別にどうってこともなかったですが、いざ、てめえが調べる段になると、緊張するものですね」

「そうかね」

「ま、旦那は慣れっこだったでしょうが」

「いやあ、町方にとっても、やっぱり殺しは特別だったさ。いいのかい、いまごろこっちに来てたりして？」

「いや、小鈴ちゃんがその鎧兜の男を見たって聞いたから、そのときのようすを訊こうと思いましてね」

と、中に入った。

「あ、源蔵さん。聞こえてました」

小鈴は下ごしらえの手を休め、調理場から出てきた。

「見たときに、幽霊じゃねえって思ったんだってな」

「はい。まるで怖くなかったんですよ」

「小鈴ちゃんがそう言ってるって聞いて、なにか大事なことを見ているのかなと思ったのさ」

「大事なことですか？」

「そう。一目見て、幽霊じゃないって思ったんだろ？」

「そうです。どうして、そう思ったんだろう？」

小鈴は思い出そうとするように、店の外を見た。

「おせいという女房の話だと、自分が浮気に怒ったから、亭主は怖くて逃げたというんだがね」

「こんな坂の上まで逃げて来るんですか？　女の人の声なんかも聞こえませんでしたよ。それは変ですよね」

「そうだよな」

「一本松のところに出る幽霊って、平家の落ち武者の幽霊だとかって言われてますよね。でも、そんな感じじゃなかったんです。どこかそぐわないものを着込んだというか、兜をかぶって、胴をつけ、肩当てとかはなかったです。あ……」

小鈴は自分の肩を見るようにした。

「どうしたい？」

「ここに彫り物がありました」

「彫り物？」

「だから、変な感じがしたのだと思います。平家の武者が彫り物なんかしてます？」

「しねえな」

「雲みたいな模様だったから、背中は竜あたりかもしれませんね」

「おい、伊助は彫り物なんかなかったぜ」

「そうなんですか？」

「ということは……」

源蔵が考え込むと、縁台に座っていた星川が言った。

「見えたじゃねえか」

「見えましたか？」

「だいたいわかったよ。二人いるんだろ。殺された伊助と、この坂を上って行った男と」

「そうですよね」

「まあ、ふつうに考えると、小鈴ちゃんが見た男が、伊助てえのを殺したのさ」

「鎧兜は？」

「本当はその男が着込んでいた。殺したあとに、その男が伊助に着させておいた、とこうなるわな」

「なんで、そんなことをしたんでしょう？」

「その前に訊くが、伊助てえのはどういうやつなんだ？」

「船頭なんですがね……」

と、源蔵はざっと伊助について話した。

途中から、星川の顔に笑みが現われていた。

「中間をしてたって？　屋形船か。なるほど。わかったよ、源蔵」

「これだけでわかったんですか？　参ったな」

「なあに、昔からあったことだからさ。源蔵、その伊助の屋形船はバクチ船だよ」

「バクチ船？」

「ああ。ここらで昔、流行ったのさ。沖に連れ出して、そこでバクチにふける。町方に踏み込まれる心配もねえ。ずいぶん大きな金が動いたらしいぜ」

「なるほど」

「そういう賭場《とば》をつくるのは、旗本の屋敷にいる中間が多かった。伊助はもと中間だったんだろ。もう一人もおそらく中間さ。それで儲けを一人占めしたくなったか、あるいは仲間うちの揉《も》めごとでもあったんだろうな」

「話のつじつまは合いそうですね」

「うん。たぶん最初は伊助がもう一人の中間を殺そうとした。中間はなんとなく襲われるような気配を察知して、お屋敷の鎧兜あたりを持ち出した。これを着込んで、襲われそうな一本松坂を急いで上のお屋敷まで逃げ帰っていたのさ」

「ええ」

「それで、昨夜もバクチ船で大儲けしたあと、伊助がもう一人を殺そうとした。だが、逆に伊助がやられた」

「じゃあ、なんで死んだ伊助が鎧兜をつけていたんでしょう？」

「それだよな、妙なのは。伊助は鎧兜なんかつけている必要はなかった」

「そうですよ」

「中間のほうは伊助を殺してしまったので、襲われる心配もなくなった。それよりは、夜中に鎧兜をつけてここらを駆けていた男も、伊助だったとしちまえば、ぜんぶ納得してもらえる」

「だが、なんで伊助がそんなことをするんだって、人は怪しみますよ」

「だから、伊助は浮気者で、女房に復讐《ふくしゅう》されるのを怖がっていたとか、適当な噂をばらまけばいいのさ。あたしもそう言っておくよ、と」

「中間と女房のおせいは、できていたと、そういうことですか？　二人で亭主殺しを企てたと？」

「そうすると、話はすっきりするんだがな」

星川がそう言うと、小鈴が嫌そうに顔をしかめた。話の筋はすっきりするかもしれないが、男女のことがどろどろする。

「伊助が殺されたときに駆けつけて来て泣いたのも芝居だった？」

「そりゃあ、悲しくて泣いたとは限らねえぜ。思いがけないことになって怯えて泣いてたのかもしれねえし、この先、どうなるのか、不安で泣いてたのかもしれねえ。女の涙はいろいろだ。芝居とは限らねえよ」

「だが、証拠はありませんね」

「ねえよな。いまのはみんな、おいらの推測だもの」

「とすると、おせいに吐かせなきゃなりませんね」

「そうだな」

「できますかね、あっしに？」

ああいうはかなげな女に限って、剛情だったりするのだ。

「源蔵。これはいちがいには言えねえんだがさ。ほとんどの場合、女に証拠は要《い》らねえんだよ」

星川は微妙な笑みを浮かべた。

「じゃあ、なにが？」

「わかってやればいいんだ。なんで、そんなことをしたのかを」

五

寂しい通夜だった。だが、賑やかでない分、くだらない通夜ではなかった。いままで、どれだけくだらない通夜に顔を出してきたことか。

坊主はすでに帰っていた。近所の町役人がちらりと顔を見せ、すぐにいなくなった。

堀田も佐野も来ないのはおかしいだろうと思ったら、番太郎がやって来て、

「芝で押し込み騒ぎが起きていて、皆、そっちに駆けつけてしまいました」

と、告げていった。

おせいが酒を出してくれた。肴は沢庵と冷や奴《やっこ》。飲みたくもなかったが、話をする前に茶碗に一杯だけ飲むことにした。沢庵を嚙む音が、やけに大きく響いた。

「伊助は無口だったらしいね」

と、源蔵は切り出した。

「ええ。家ではほとんど話しませんでした」

「やさしかったかい？」

「そんなことは……」

おせいは悲しげに笑った。

無口で、やさしくもない亭主。自分ならもうすこしいい亭主になれるかもしれな

い。だが、こんなにいい家には住まわせられない。

「二年前だって？　伊助といっしょになったのは？」

「はい」

「あんたはなに、してたんだい？」

源蔵は、豆腐を箸《はし》で八等分にしながら訊いた。

「お旗本のお屋敷で飯炊きをしていました」

「伊助もそこにいたわけじゃねえだろ」

「前はそこにいたんです」

「そうだったのかい。だが、辞めていた伊助とはどうやって知り合ったんだい？」

「伝言を持って行ったりしていたんです」

「ふうん。お屋敷は近くなんだな？」

「ええ」

「大島さまかい？」

「違います」

一本松坂の上は大名屋敷が多い。旗本はそう数がない。

「山崎さまか？」

「はい」

大身の旗本である。下屋敷などではなく、当人も住んでいるはずだが、柄のよくない中間が出入りするのも見たことがある。

「伊助と親しい中間がそっちにいるんだな？」

「はい」

「名前はなんていうんだい？」

「…………」

うつむいて答えない。なにもないなら答えるだろう。

「その中間に頼まれて、行ったり来たりしているうちに、伊助の女房になっちまったわけか？」

「…………」

悔しげに唇を噛んだ。

「もどれなくなっちまうことってあるよな」

源蔵は静かな口調で言った。ほんとにそうなのだ。思ってもみなかった道に入り込んで、もどりたくてももどれなくなる。もしかしたら、人生はそういうことばかりかもしれない。

「いいから、こっちで飯を炊けって」

「ああ、こっちで飯を炊けって言われたのかい。それで、ここに居ついちまったんだ？」

なにがあったかは想像できる。もどれる女は、強い女だろう。

「…………」

おせいは答えずに、涙を流した。

朝の涙より粒が大きい気がした。

店がはねる少し前に源蔵は〈小鈴〉に顔を出し、

「伊助の女房が吐きました」

と、星川に小声で告げた。

「ほう。吐かせたかい？」

「男の名を言うまではだいぶしぶりましたが、あまりにもいろんなことが知られていて、観念したみたいです」

「そりゃあたいしたもんだよ」

「ほとんどすべて、星川さんの推測と合ってましたんでね。もう一人の中間というのは、この上にある旗本の山崎主殿《とのも》さまのお屋敷にいる剛八《ごうはち》という男でした。こいつは山崎さまの家臣ではなく、渡り中間ですので、屋敷の外に出てきたところでしょっぴくつもりです」

「ふうむ」

星川は難しい顔をした。

「伊助の女房のおせいはもともと山崎さまの屋敷で飯炊きをしていて、剛八と言い交わしていたそうです。それが、バクチの連絡などをしているうち、おそらく手籠《てご》めにされたのでしょう。そのままもどれなくなったようです。剛八はそのあとも伊助といっしょにバクチ船をやってましたが、だんだん険悪になってきたんでしょうね。近ごろになって、伊助が剛八を殺すと言いはじめたので、おせいはなんとか剛八を助けたかったそうです。剛八も最初は警戒して、帰りは鎧兜をつけてもどったりしたのですが、結局、伊助がかかってきたのを返り討ちにしたみたいです」

「女も手伝ったのか？」

「いや、夜中に剛八が伊助を殺したと言って入って来たそうです」

「なるほどな」

「おせいは罪になりますかね？」

源蔵は心配そうに訊いた。おせいが哀れだった。話が終わるころは泣きじゃくるばかりだった。

「いや、ならねえだろうな」

「そうですか。ほっとしました」

「鎧兜を伊助がつけていたのは？」

「ええ。星川さんの想像したとおりです。幽霊の噂が出てるので、それも伊助だったことにしようと。浮気者で女房に殺されそうになったからって、噂をばらまいておくぜと。傷口や、小柄なおせいの身体つきからも、下手人《げしゅにん》に疑われることはないと踏んだのでしょうね。筋書きもすべて、剛八がつくったみたいです。結局、それが疑いのもとになったんですがね」

「一件落着か」

「そうなんですが、ちっと面倒がありまして」

「なんだ？」

「夜遅くに、剛八がおせいのところに来ることになってるんだそうです。しょっぴくつもりですが、芝のほうで押し込み騒ぎがありましてね、堀田さんも佐野さんもそっちに駆けつけちまったんです」

「なんだよ。それで、手伝えってか？」

星川は苦笑した。

「頼みますよ」

「いいけども、渡り中間てえのは意外と面倒だぜ」

「そうなんですか？」

「あいつらも雇われているあいだは、いちおう侍のほうの身分になってるんだ」

「そりゃあ面倒だ」

源蔵は思い切り顔をしかめた。武士の世界のややこしさときたら、源蔵のような男からするとうんざりしてしまう。

「なあに、しょせん下っ端だから、町方のほうから話を通せばいいんだが、渡り中間の仲間てえのがあってな。ここに話を通しておかねえと、あとあとおめえが嫌がらせをされたりする」

「じゃあ、堀田さんたちがもどるのを待つしかありませんね」

「いや、向こうの伊達《だて》さまの下屋敷に渡り中間の顔役がいるのさ。話を通しておこうぜ」

星川と源蔵はいっしょに〈小鈴〉を出た。まだ最後の客がぐずぐずしているところだった。

六

戸がことことと鳴った。小さな音が、なにかの始まりを告げた。

小鈴は縁台に腰かけて待っていた。店にはもう誰もいない。

立ち上がり、わきの小窓の障子を開けて、外を見た。北斎の顔が見えた。

戸を開けると、北斎が入って来て、

「いったん閉めてくれ。もうすこし経って、一人来るはずだ」

「わかりました」

小鈴はまた、かんぬきをかけた。

「寒かったでしょう」

北斎に出そうと準備しておいた柚子湯《ゆずゆ》を出した。

「おう、ありがてえ」

北斎は六十七、八のとき、中風で一度、倒れた。そのとき、中風についてさまざまな書物を読み、これが効くと思ったのが柚子だった。以来、一日に何度もお茶がわりに柚子湯や柚子酒を飲んでいる。酒は飲まないが、夏も柚子湯を飲むためには酒に漬けておくしかなかった。

これは効いたらしく、それから十年ほど経つのに、北斎は元気である。足も達者で、この坂を上って来るのを見たことがあるが、息も切らさず、途中で休んだりもしていなかった。

その柚子湯を一杯、飲み終わったとき、戸が鳴った。

「小鈴ちゃん。おれがたしかめる」

そう言って、北斎は窓の外を見た。

「大丈夫だ。開けてやってくれ」

　戸を開けると、武士が一人、いったん後ろを見てから入って来た。

「夜中に恐れ入る」

　男は小鈴に頭を下げた。

「いえ。おかけください。御酒は？」

「いや、よい。だが、ここは飲み屋か？　飲まぬとまずいか」

「いいえ。かまいません」

　小鈴はなにか引っかかるような思いがした。

　声に覚えがあると思った。どこで聞いたのだろう。

「では、北斎さんが飲んでいたのを」

　男は茶碗を指差した。

　さっそく話が始まった。

「昨日は失礼した」

　と、男は頭を下げた。

「ああ。急に富士講のことでうかがいたいなどと言われ、おれも驚きました。なんせ、そのあたりのことではお上《かみ》からも狙われているみたいなのでね」

「驚かせて申し訳ない。わたしもおそらく今後の人生にそう長い年月があるとは思えぬ。そのため、いろいろ気配りをしながらやっていくことができないのです。すべて単刀直入ということでお許しいただきたい」

「おれと富士講のことをどこでお聞きなすったので？」

と、北斎が男に訊いた。

「足立郡の沼田村で」

「沼田村？　知り合いはいねえはずだが」

「その話をするためには、まず、わたしの名を名乗ったほうがご理解を早めると思う。わたしの名は、大塩平八郎」

と、男は言って、小鈴を見た。

かんたんにつまんでもらおうと、大根の葉を漬けておいたものを切っていた小鈴は、思わず顔を上げた。

「大塩平八郎さま……」

「いつぞやは、戸口の外で挨拶させていただいた」

「はい」

小鈴が唖然《あぜん》としていると、

「なんだ、ここをご存じでしたか。しかも、いま、大塩平八郎さまとおっしゃった」

そう北斎は言った。

「さよう」

「大坂で騒乱を起こしたという?」

「ええ」

「亡くなられたと聞いてましたぜ」

「隠れ家を爆破したので、そのように思われたらしい。計らずも生き延びてしまった」

「そうでしたか」

「かくなるうえは、処刑された同志のためにも、あの試みを成功させて、あの世に報告に参りたいと、そのように思った」

「なるほど」

「それで江戸に出てきて、いまは志を同じくするだろうと思える者たちを訪ね歩いている。もっと大きな力を結集して、幕府に立ち向かいたい」

「幕府に立ち向かいたいと？」

「いかにも」

「本気らしいな」

北斎は目を瞠《みは》った。

「武州足立郡あたりには、隠れキリシタンの人たちが多いと、以前から聞いていた。ぜひ、われらが仲間になってもらおうと訪ねた」

「ああ、それはおれも聞いてました」

「いったんは捕われの身となり、そこでともに立とうと説得したが駄目だった。あの人たちには隠れ癖がついている」

「でも、責めることはできませんぜ。あの連中には、また独特の苦難があったはずだ」

「むろん、責めはしない。ただ、そこの庄屋に思いがけないことを教えられた。同じようなことを言ってきた者がいると。それは富士講を束ねる一人とのことだった。

それでその者のことは……」

「おれを訪ねればわかると、そう言ったんですね」

「いかにも」

「よくわかりました」

北斎はうなずき、柚子湯をごくりと飲んだ。二杯目もすでに飲み干したので、小鈴は大塩の分と、二杯、新しく用意した。

「まず、その富士講を束ねる男というのは、御師《おし》の五合目の半次郎《はんじろう》という者。五合目は綽名《あだな》ですがね」

「半次郎というのか」

「ただ、半次郎は幕府から目をつけられています。もともと、富士が住まいと思っている男ですから、江戸では居場所を転々としています。しかも、近ごろは幕府にも目をつけられていて、なかなか姿を見せません」

「やはり、目をつけられているか」

「ええ。半次郎は力があります。あいつが本気で人を動かすとしたら、富士で一揆《いっき》が起きるかもしれません」

「なんと」

「しかも、半次郎は金持ちだ」

「商売かなにかを？」

「いいえ、富士講で金を集め、それを預かっているあいだ、あいつは莫大な金を持っているんですぜ。相場だって左右できるくれえだ」

「そうか。富士講の積立をな」

「当人は金になどまったく恬淡《てんたん》としていますよ。だが、世の中を動かそうというときは、金が必要なことも知っているんです」

「会いたい」

大塩は身を乗り出すようにして言った。

「ええ。会わせましょう。二月の半ばには江戸に来ると言ってましたから」

「北斎さん。もしかしたら、あなたもわたしたちと志を同じくするお人なのか？」

「生憎《あいにく》ですね。おれは絵が描きたいためだけで、こうして馬齢を重ねているような男なんです。しかも、偏屈だ。仲間といっしょになにかをするなんてことは、どうにもできやしねえ」

「なるほど」

「ただ、絵を描きながらずっと人ってやつを眺めてきましてね。人は皆、いっしょだろう。皆、ずるかったり、やさしかったり、面白かったり、哀れだったりするけど、同じ人間だろうと、どう見たって思えるんです。それを生まれたときの家の身分にずっと押し込めるなどというのは、どう考えたって変ですぜ」

「うむ」

「半次郎もそう思っている。富士に登れば、それは皆、自然にわかるはずだと。この世のしきたりのくだらなさなんかもね。あるとき、半次郎がそんなことをずいぶん言ってきましてね、富士を描いてくれと」

「それで、あの一連の絵を?」

「いや、あれはすでに準備してあったんです。だから、おれの思いとあいつの思いが一体になったんでしょう。だが、おれの絵が富士に登りたいというやつをずいぶん増やしたんだそうです」

「わたしもそう思います」

「それだもんで、おれも幕府に目をつけられてね。もともと、睨まれてはいたんだけど。うるさくて、しょっちゅう引っ越してるってわけでさあ」

北斎はそう言って、柚子湯をうまそうに飲んだ。

大塩平八郎の秘密。葛飾北斎の秘密。

小鈴は唖然とした。それから、

――こんなとき、母ならどうしただろう？

と、思った。


剛八の捕縛は、星川が手伝ってくれたため、あっけないほど楽なものだった。

仙台藩の下屋敷で、中間の喜三太《きさんた》という五十がらみの男を呼び出し、これは星川が話をつけた。筋さえ通せば、うるさいことは言わないらしく、ついでに源蔵の顔もつないでもらった。「あんたの話は聞いていた」というから、やはりこの連中のつながりというのは、かなりのものらしい。

山崎家の前を通って行こうとすると、ちょうど剛八らしき男が門を出て来た。

あとをつけると一本松坂を下りて行く。

「たぶん、あいつだろう」

「そうですね」

そんなことを囁《ささや》きながら、〈小鈴〉の前を通った。

途中、姿勢のいい、早足の武士とすれ違った。別になんの不思議もないが、星川はなにげなく後ろを振り返った。

「え?」

「どうしました?」

「いま、すれ違った武士だが、〈小鈴〉に入ったぜ」

「そんな……」

もう店ははねている。のれんも下ろしてある。それでも店に入る者とは誰なのか。

だが、まずは前を歩く男の正体をたしかめ、捕縛しなければならない。

男は伊助の家の前に立った。かすかな明かりが洩《も》れている。

「おい、おれだ」

と言ったところで、星川と源蔵がいっきに接近した。

「剛八だな。神妙にしろ」

「く、くそっ」

逃げようとはしたが、両側から挟みこまれ、動けない。源蔵がまだ慣れない手つきで後ろ手に縛り上げた。

これを坂下町の番屋に連れて行くと、堀田順蔵の中間が一人、もどっていた。

「押し込みのほうがまだ片がつかねえんで、いちおう源蔵に報《しら》せるよう言われてきた」

とのことだった。

「伊助殺しの下手人だぜ」

源蔵がそう言って剛八を突き出すと、

「もう捕まえたのかい」

と、堀田の中間もあっけに取られた。

「おい、源蔵。おいらはちっと〈小鈴〉にもどるぜ。どうもさっきの武士が気になるんだ」

星川は引き返そうとした。

「あっしも行きますよ」

「でも、その野郎が」

「なあに、もう動けないんだし、堀田さんたちがもどるまではまだかかりそうだし、あっしはすぐにもどって来ますよ」

と、源蔵もいっしょに坂を上った。

〈小鈴〉の手前に日之助がいた。さっきはいなかったから、来たばかりなのだろう。

「日之さん、どうした?」

と、星川が訊いた。

「いや、じつは、今日の小鈴ちゃんのようすがなんかおかしかったので、気になって見に来たんです。すると、明かりがついて、中に誰かいるような気配なんです。声をかけようかどうか、迷っていたんですよ。小鈴ちゃんのいい男だったりしたら、邪魔しちゃ悪いし」

「そんな男だったらいいんだが」

「なんです?」

「さっき、武士が入った」

「武士が?」

「入るぜ」

星川たちは〈小鈴〉と書かれた小さな看板の下に並び、

「小鈴ちゃん。いるのかい？」

戸を叩いた。

慌ただしい気配があった。裏手の扉が開くような音はしない。

誰かいる。なにか話している。切羽詰まった、必死の声の応酬。

「小鈴ちゃん」

もう一度、声をかけたとき、

「どうぞ」

と、戸が開いた。

第三章　減らない飴

一

鳥居耀蔵が屋敷の書斎にいると、小人目付《こびとめつけ》の小笠原貢蔵《おがさわらこうぞう》と大橋元六《おおはしげんろく》がいっしょに入ってきた。二人とも城から急いでやって来たらしい。肥《ふと》り気味の小笠原はしきりに額の汗を拭きながら、

「いつ、もどられたので？」

と、訊いた。

鳥居は年末から年が変わっても、正月の休みをのぞいてずっと江戸湾の巡視に出ている。外国船が侵入したときの防備について、改めて検討をほどこすという重大な任務だった。

ただ、江戸湾の調査なので湾内の港に停泊した際は、ときおりこうして屋敷にも

どることもできた。

「品川に立ち寄ったのでな。二日ほど陸《おか》にいることにした。陸に上がると、いつも目まいがしているみたいで、逆に気持ちが悪くてな」

じっさい顔色が悪い。

「江川《えがわ》はあいかわらずですか」

と、大橋元六が訊いた。

江川というのは、伊豆韮山《にらやま》の代官、江川英竜《ひでたつ》のことである。このたびの巡視では、鳥居が正使、江川が副使の役目を仰せつかった。

ところが、江川は鳥居に断わりもなく、蘭学者渡辺崋山《わたなべかざん》の推薦による者たちを使い、西洋の技術による江戸湾の測量をおこなっていた。これが鳥居の憤懣《ふんまん》の理由である。「わが国を守るのだから、わが国の技術をもってするのが当然であろう」というのが鳥居の言い分だった。

「ああ。あいかわらずだ。あやつのことを思うと、胸くそが悪くなる。それより、人手は足りているのか？」

「足りなくなっています。なにせ、五人を失っていますので」

と、大橋元六が答えた。

倉田忠吾《くらたちゅうご》に斬らせた岡っ引きの茂平と下っ引き。さらに、その倉田と渡辺精太郎《わたなべせいたろう》は、おそらく〈小鈴〉にいる元同心の星川勢七郎に倒された。

しかも、大橋が雇った浪人者も元瓦版屋を始末しようとして、逆に誰かに斬られて死んだという。

「うむ。替わりはおらぬのか」

「ええ。黒鍬《くろくわ》の者を使ったりもしていますが、なにせ本来の役目から外れる対象も多く、おおっぴらには動かせないところもあります。やはり、鳥居さま自前の密偵を補充していただいたほうが……」

「む。わかっている」

と、鳥居はうなずき、わきに控えていた八幡信三郎《やはたしんさぶろう》に目をやった。

「これは甥《おい》の八幡信三郎だ。神田千葉《ちば》道場の麒麟《きりん》児と言われている。荒事も厭《いと》わぬ。使ってくれ」

「よろしくお願いします」

と、八幡信三郎は子どもっぽい笑みを見せた。これから物見遊山にでも連れて行ってもらえるのかというような顔である。

「ずいぶんお若く見えるが、おいくつですか？」

小笠原貢蔵が、本人にではなく鳥居に訊いた。

「二十三になった。な？」

「はい」

と、八幡信三郎は笑顔でうなずいた。

「ほんとに荒事までよろしいのですか？」

「むろんです。五人でも十人でも叩っ斬ってみせますよ」

ますます嬉しそうである。

小笠原と大橋は顔を見合わせた。二人とも困惑の気配が見えた。

「それで、いまはどこらの動きが慌ただしいのだ？」

と、鳥居が小笠原と大橋に訊いた。

「まず、大塩の噂の件ですが……」

小笠原が話しはじめた。

「足立郡沼田村の庄屋のところに、この正月、大塩平八郎と名乗る者が来ていたという報告がありました」

「本物かどうか、たしかめられたのか？」

「いえ。たった一人で来たといいますから、疑いの余地はあります。いくら仲間を失ったとはいえ、大塩が一人で動きまわるなどというのは、ちょっと考えられません」

「うむ。大塩本人でなくとも、残党の一人ではあるのだろうな。大塩の名を用いれば、まだ騒ぎを引き起こすことも可能だろうし」

「たしかに」

「沼田村というと、隠れキリシタンか？」

「はい。あのあたりは多いですから」

「だが、隠れキリシタンは動かぬだろう？」

　鳥居は馬鹿にしたように訊いた。

「ご明察」

「やつらは知っているのだ。おとなしくさえしていれば、幕府も黙認するだろうと。もはやキリシタンなどに島原のような乱を起こす気概も力もない」

「まさに」

「ただ、警戒すべきなのは、富士講の連中だ。あのあたりに妙な考えが広まると、たちまち江戸中に広がってしまうぞ」

「まったくです」

「富士講の頭領でなんと言ったか」

「御師の五合目の半次郎ですか？」

と、大橋元六が言った。富士講については、おもに大橋が担当して調べを進めてきた。

「おう、そうだ。五合目で生まれたとか言う五合目の半次郎。あやつの足取りはつかめたのか？」

「まだです」

大橋は申し訳なさそうに答えた。

御師の足取りがつかみにくいという言い訳は、このあいださんざん聞いた。長屋の連中のところに金を集めにまわってくるが、それがいつ来るのかは決まっていない。姿を現わせばすぐにいなくなる。長屋の者も、御師のことで余計なことを言うと罰が当たるくらいに思っていて、なにも訊き出せない。半次郎の下で働く者も何人かいるが、その者たちさえ半次郎の居どころはわからない。

居どころがわからない、などというのは、まさに怪しさを公言しているようなものではないか。

「半次郎は、北斎とは会ってないのだろうか？」

と、鳥居は訊いた。

絵師の葛飾北斎は、富嶽三十六景を描いて、満天下に富士の気高さ、美しさを知らしめた。その人気は富士講の流行にもつながり、しかも富士講は四民平等というたわけた思想を育《はぐく》みつつある。北斎の奔放な絵がまた、そういうたわけた思想を助長させるようなところがあるのだ。

しかも、北斎と半次郎はかつて親しくしていたという話も入ってきていた。

「北斎の見張りはこのところ怠っています。なにせ、歳も歳ですので、たいしたことはできますまい」

「だが、あの爺《じじ》いを牢《ろう》に入れれば、絵師だの戯作者だのは震えあがるぞ」

「そうなのですが、北斎はのべつ引っ越しをしていまして、あれと連絡をつけるのは半次郎でも難しいのではないでしょうか」

「のべつと言っても、引っ越しなどせいぜい年に一度のものだろう」

「それが北斎は三月もいるともう別の家に引っ越してしまいます。まるで、なにかに怯えて逃げまわっているようです」

「あの生意気な爺いがな」

　鳥居は首をかしげた。

「北斎をご存じなのですか？」

「ああ、何度か直接、話をしたこともある」

「そうでしたか」

「北斎はほかに誰と親しいのだろう？」

　北斎も半次郎も、ともにのべつ動いているとしたら、二人を結びつけるほかの誰かが必要になるのではないか。

「偏屈ですから、友人などもほとんどいません。ただ、戯作者の柳亭種彦《りゅうていたねひこ》とは気が合うらしく、ときおり会っているようです」

「ほう。それは面白いな。わたしが以前から目をつけていた男だ」

「そうでしたか」

「柳亭種彦か」

鳥居は柿の種でも吐き出すような口調で言った。

戯作者などというのは、もっとも嫌いな人間どもである。愚にもつかぬものを書いては人心を上っ調子にさせる。あの、人の屑《くず》のごときやつらが、平等などとほざくとしたら、言語道断というほかはない。

「見張りますか?」

と、大橋が訊いた。

「手が足りないだろう」

「ええ」

「柳亭種彦はしばらく置いておこう。それより、大塩だ。まさか、富士講や北斎なんぞと接触することはないと思うが」

「五合目の半次郎はなんとしても捕まえます。あやつの場合は、集めた金のことでいくらでも容疑をふっかけられますから」

「そうだな。それと、もし、大塩なら江戸でかならず会おうとする男がいる」

「はい。矢部定謙《やべさだのり》さまですね」

「矢部のやつ、堂々と大塩の愚挙を擁護したのだぞ。信じられるか」

鳥居の顔が悔しげに歪《ゆが》んだ。それは小笠原貢蔵と大橋元六も思わず顔をそむけたほど、凄《すさ》まじさを感じさせた。

いまは勘定奉行の要職にある矢部定謙は、その前に大坂西町奉行を務めた。このとき、直接、大塩平八郎からまつりごとを憂うる言葉を聞いていた。のちの暴挙はともかく、その提言はじつに当を得ていたと公言していた。

「矢部の屋敷はなんとしても見張ってくれ」

「わかりました。ですが……」

「うむ。言いたいことはわかる。そうよな。見張るべき者が多すぎるわな」

いま名が挙がった者だけでも、大塩平八郎、五合目の半次郎、葛飾北斎、柳亭種彦、矢部定謙と五人もいる。このほかにも、渡辺崋山が主宰する尚歯会《しょうしかい》という蘭学者たちの面々はなんとしても見張らなければならない。

尚歯会にはほかにも高野長英《たかのちょうえい》、川路聖謨《かわじとしあきら》、佐藤信淵《さとうのぶひろ》、和田泰然《わだたいぜん》、鷹見泉石《たかみせんせき》などといった気に入らぬ者どもが目白押しである。いくら人手があっても足りないくらいなのだ。

だが、目付や小人目付や黒鍬の者は、幕臣を見張るのが本来の仕事である。すなわち、鳥居が見張ろうとしている者は矢部を除いていずれも本来の対象からは逸脱する。

このため、鳥居は自費も相当に費やしている。鳥居家は二千五百石の大身だが、旗本などはなにかと無駄な出費がある。鳥居は家計を徹底して切り詰め、子飼いの密偵たちを動かしてきた。

じっさい、昨年からは中間や奥女中から飯炊きや小間使いに至るまですべて暇を出し、その分で密偵を雇った。いま、屋敷にいる者のほとんどは密偵の仕事を兼ね、雑用のごときはすべて自分でやる。鳥居自身もその例に洩れず、庭の手入れをしたり、床を拭いたり、薪《まき》を割ったりという仕事さえこなすほどだった。

正直、金は喉《のど》から手が出るほど欲しい。

「まったく、ちと鬱陶《うっとう》しい連中はさっさと牢に入れてしまいたいのだがな」

と、鳥居は忌々しそうに言った。

二

「小鈴ちゃん、これ、あげる」

店に入って来るとすぐ、常連客の甚太が、棒のついた飴《あめ》を五本ほど差し出した。

「あら、おみやげ？」

「そういうんじゃない」

「どこかに行ったの？」

「いや、どこにも行かない」

甚太は居職の笛師である。自分の家で笛をつくっている。親方のところに仕事に行くこともないし、できたものはたいがい店の手代が取りに来る。あるいは注文主が直接来る。若いけれど、一人前の職人なのである。

その甚太のようすだが、最近、どことなく妙である。昼間、店の前を通ったりすると、咳払いをしてのぞき込んだりする。できれば店の開いてない時分に立ち寄って、話でもしたいそぶりである。

飲んでいるときも視線を感じたりする。かなり熱い視線で、正直、ちょっと鬱陶しい感じもある。

甚太は、性格も嫌なところはない。ガキ大将だった面影はあるが、それは子ども時分のことで、いまはちゃんと大人になっている。話しかけてくるときも、手の空いたときを見計らっている。気も使っているのだ。

小鈴としては、冷たくするのはかわいそうだが、気を引くようなこともしたくない。だが、ありがたい常連さんである。

母さんはこんなときどうしていたのだろう。たぶん、星川さんも源蔵さんも日之さんも、甚太のような目で母さんを見つめるときがあったに違いない。どう受け止め、どう外していたのだろう。それとも、三人の熱い視線をぜんぶ受け止めていたのだろうか。まるで役者みたいに。

「ふつうの飴なの？」

と、甚太から受け取った。

いらないと言ったら失礼だろう。竹ひごの先に四角い飴がついている。そこらで一文や二文で売っているものである。

「ああ、飴だよ。毒も入ってないよ」

「嬉しいけど、あたし舐めないよ。虫歯になると嫌だから」

江戸の女も白い歯は美貌の条件である。嫁に行ってしまえば皆、鉄漿《おはぐろ》をするが、それまでは笑ったときに見える歯は白ければ白いほどいい。

小鈴も他人には見せられないが、朝と晩には楊枝《ようじ》でよく汚れを落としてから、乾いた手ぬぐいで歯の表面をつるつるになるまでこすっている。

「たぶん大丈夫だと思う」

「どうして？」

「甘いのはちょっとのあいだだけだから」

「なに、それ？」

「これ、おれの長屋の隣の男が売っている飴なんだよ。それで、この飴はいくら舐めても減らない飴なんだ」

「ほんとに減らないの？」

「減らないよ。木を丸く削ったやつの周りに、飴を塗っただけだから、舐めてるうちにすぐ味がしなくなるよ」

「子どもだましじゃないの」

「そう。それを図々しく売ってるんだから面白いだろ」

「なるほど」

小鈴はにっこり笑ってうなずいた。

甚太は面白いものを見つけて、持って来てくれたのである。こういう好意は嬉しい。甚太の株も小鈴の中ですこしだが上がる。

「どれどれ」

舐めてみる。ふつうの飴である。紅が入っていて、光にかざすときれいに輝く。

するとそこに、遠くの席にいたお九が、

「なあに、小鈴ちゃんにだけ?」

と、声をかけてきた。

「あ、お九さんも舐めるのかよ」

「あたしだって、飴ぐらい舐めますよ」

小鈴に渡した五本のうちの一本をお九に渡した。

「あら、あたしも欲しい」

と、さらにその隣にいた魚屋の内儀《おかみ》のおふくも言った。

「ああ、やるよ」

「あたし、二本欲しい。亭主に持って帰るから」

甚太は小鈴を見た。

「うん、あげていいよ、甚太さん」

と、小鈴はうなずいた。

「なんだよ、おれは小鈴ちゃんに持って来たんだぞ」

甚太はもう一本渡しながら、小声でぶつぶつ言った。

「ねえ、これ、売れてるの？」

と、小鈴が訊いた。

「売れてねえよ」

「駄目なの？」

「だって、こんなものいくらうまそうにしゃぶって見せても、子どもにも見透かされる仕掛けだろうが」

「だよね」

「でも、当人はこれでも素晴らしい案のつもりだからな。笑っちゃうよ」

「たしかに買わないね」

「最初はだまされるやつがいても、二度と買わないよ」

「怒る人もいるでしょ？」

「同じところでは売らないで、江戸中まわって歩いているらしいよ」

「食べていけるの？」

小鈴は他人ごとながら気になってしまう。食えなくなる怖さは、小鈴だって充分わかっている。

「ふつうの飴も売ってて、そっちはぼちぼち売れるからなんとか食ってるよ」

「あ、それならよかった」

小鈴はほっとしてしまう。

そんな小鈴を、甚太が好もしそうに見つめた。

三

星川勢七郎は、今宵も賢長寺《けんちょうじ》の墓場で剣の稽古に励んでいた。

夜風が冷たさより心地よさを感じさせるくらいになってきている。

五日ほど前の、あの晩の興奮はすこしずつ収まってきていた。

源蔵、日之助とともに〈小鈴〉の戸を開けて入ったとき、そこにいたのは小鈴と葛飾北斎と、そして生きていた大塩平八郎だった。

「あたしをこの店の女将にしてくれた人たちです。母も信頼していたと思います」

小鈴は三人をそう紹介した。

大塩平八郎はさほどためらいもなく、自分の名を告げた。

いちばん唖然としたのは源蔵だっただろう。瓦版に幽霊の話を書いたりしながら、まさか本当に生きているとは思っていなかったのだ。

信念の固まりのような男。

それが星川が大塩に対して最初に感じた印象だった。

あとで歳を聞くと、四十七になっているとのことだったが、ずいぶん若く見えた。身体に力がみなぎっているようだったし、なによりも眼差《まなざ》しの輝きが若者のそれだった。

もっと打ちひしがれていてもいい境遇だろう。しかし、大塩は軒昂《けんこう》としていた。大坂の義挙に失敗し、江戸にやって来た。仲間を求め、隠れキリシタンの里を訪ねたところ、富士講の御師の半次郎という男が大塩と同じことをしようとしていると知った。その半次郎に会うには絵師の葛飾北斎を訪ねればいいと教えられたのである。

江戸にもどった大塩はようやっと葛飾北斎を探し出した。そして、誰にも聞かせられないこの話をするため、戸田吟斎の妻おこうが始めたこの店で待ち合わせた。

この店は、戸田吟斎を知っていた大塩平八郎が江戸へ来るとすぐに訪ねていたところでもあった。

「おこうさんが亡くなっていたとは残念です」

と、大塩は悔しそうに言った。戸田吟斎からだけでなく、多くの人からおこうの噂を聞いていたのだという。女丈夫。そんな姿も想像していたらしい。じっさいのおこうを見たら、さぞや驚いたことだろう。小柄で、きれいで、たおやかだったおこうを。

「いまの同志には、おこうさんの弟である橋本喬二郎《はしもときょうじろう》さんもいます」

大塩はそうも言った。

「そうなんですか」

と、小鈴も驚いた。それは、眉の長い、ここに一度、現れた若い剣士である。

多くの糸がこの店につながってきていた。そして、それらの糸は偶然というより、結びつくべくして結びついたつながりのように、星川には思えた。

すべての始まり。それは小鈴の父、戸田吟斎が書いた『巴里物語』という書物にあったのである。

戸田吟斎は、巴里で起きたその騒乱について、日本で知り得る限りの話を集め、戯作めかした物語としてまとめた。いちおう、万が一、幕府に咎《とが》められても、これは想像の物語だと逃げられるような配慮はしたらしい。

ただ、戯作として書いたため、この話は逆に、読む者に興奮や感動を与え、心に刻み込まれるような書物になってしまったのだ。

「読んだときは興奮したよ」

と、大塩は言った。

「大塩さまも読まれたのですか？」

小鈴は意外だったらしい。

「わたしは大坂にいるとき、知り合いの蘭学者のところで読ませてもらった。戸田さんは巴里物語を読ませる人を制限していたが、わたしの奉行所批判を聞いて、読ませてもよいと思われたのだろう」

「おれも読んだのさ」

北斎が照れたように言った。

「北斎さんも？」

「半次郎といっしょにな。物語としても面白いものだったよ。できれば、おれの絵をつけてやりたいと思ったほどだった」

「それは、町が燃えたり、大勢の人が鉄砲を撃ったり、しかも、お姫さまの首が討たれたりといったことも書いてなかったですか？」

と、小鈴が訊いた。

「あったよ。どうして小鈴ちゃんが？」

「やっぱり。あたし、父が書いていたのをそっと読んだりしていたみたいです。なぜか、心の奥に奇妙な物語があって、ずっと不思議に思っていました」

まさか巴里の町などということは考えもしないから、江戸で起きる話なのだと思っていた。江戸の町が焼け、牢獄から罪もないまま囚《とら》われの身になっていた人々が、歓喜の声を上げながら脱走して行った。

「そうだったかい。間違いねえ。それが、吟斎さんの書いた巴里物語だよ」

北斎がうなずくと、

「愛と自由と平等を謳《うた》ったのです」

大塩平八郎は感激した声で言った。

「愛と自由と平等……」

小鈴がつぶやいた。

それは星川にとっても耳新しい言葉だった。だが、蘭語でもない。いずれもどこかで聞いていた言葉なのだが、三ついっしょになったことで、別の力が生まれたかのようにも感じられた。

小鈴は目を閉じた。星川には、小鈴がおこうの姿を思い浮かべているように思えたのだった。

それから四日ほど経った昨夜、店にいるとき、源蔵が話しかけてきた。

「なあ、星川さん……」

「なんだよ」

「まさか、おこうさんは女だてらに大塩さまと同じようなことをしようなんて考えていたんですかね?」

源蔵は心配そうに言った。

「そこまではどうかなあ」

星川は首をかしげた。

「そこまでは考えてなかったと、あっしも思うんですよ。でも、ご亭主がそういう書物を書いていたというとねえ」

「ただ、ともに立たなくても、たとえば大塩さんが逃げ込んできたとき、無下に追い払うようなことはしねえだろうな」

星川は天井のあたりを見ながらそう言った。

「そうでしょうね」

「だったら、おいらたちも大塩さんのことはそっとしておき、逃げ込んでくるようなときがきたら、かくまってやるくらいはしなくちゃならねえだろうな」

これが星川たちの結論とも言えた。

大塩はこれまでの経緯と、再度の義挙の決意を語ると、北斎と再会を約束して出て行ったのだった。

四

常連の甚太が、調理場の前の縁台に座ると、

「昨夜話した例の飴、売れたんだって」

開口一番、小鈴にそう言った。

「ま、物好きもいるからね」

「でも、一本、二本じゃないぜ。三百本ほどまとめて買ったやつがいるんだって」

「三百本？」

小鈴は目を見開いた。

「数はそんなに正確じゃないんだけど、つまり持っていた飴をぜんぶ買ってもらったというのさ」

「へえ。一本いくらなの?」

「二文かな」

「とすると、ぜんぶ買っても六百文てとこか」

たいした金ではないが、裏店《うらだな》のひと月分の家賃ほどである。

貧乏人なら酔狂では出せない。

「当人はすっかり有頂天だよ。卸しもやろうかな、なんて言ってやがる」

「その買った人はよほど気に入ったのかな」

「気に入ったのかね」

「すっかりだまされたのかな」

「だまされたとしてだぜ、減らない飴なら一本買えばいいわけだろ」

「あ、そうだよね。減らない飴を三百本も買う意味ないよね」

と、小鈴は笑った。

「どういう人が買ったんだろう?」

「小鈴ちゃん、興味ある?」

「うん。あるよ。面白い商売にも興味あるし、そういう謎の行動にも興味がある」

「じゃあ、売ってるやつを連れて来るよ」

と、甚太は立ち上がった。

「そんな、いいよ、わざわざ」

「かまわねえよ。どうせ、暇なんだから」

そう言って、出て行った。

甚太の家は坂の途中の麻布木村町だと聞いている。ここからだと、一町あるかないかといった距離である。

まもなくもどって来た。

「こいつだよ、こいつ、喜助《きすけ》っていうんだ」

甚太がこいつ呼ばわりするくらいだから、歳はさほどいっていないのだろう。だが、歯がまったくと言っていいくらいにない。笑うと、肉や舌が見えるだけ。なんだかハマグリが笑っているみたいである。

喜助はしゃべることもはっきりしない。

「おひらはひゃけを飲まないのれ、こういうとこは滅多に来ないんら」

と、言った。ひゃけは、酒のことらしい。

笑っては悪いと思いながら、小鈴はつい笑ってしまう。

「こいつ、歯がねえから、なに言ってるかわからねえだろ」

甚太は遠慮がない。

「そうなんら。子どものときから飴ばっか舐めて、こうなったんら」

喜助は「いーっ」と、口を開けてみせた。

「おめえ見てたら、誰も飴買いたくなくなるだろうが。なあ、小鈴ちゃん？」

「あ、いや、まあ」

話を向けられて慌ててしまう。

「それより、三百本も買ってくれた人のことを訊きたいんだけど」

「ああ、なんれも訊いてくれ」

「どこで売れたの？」

「両国広小路のはずれあたりれ売れたよ」

「若い人？」

「いや、若くなんかない。六十くらいれ、恰幅《かっぷく》がよくて、いかにも大店のあるじって感じの人らったな」

「なんか、訊かれたりした？」

「ああ、いろいろ商売のことを訊かれたよ。いつから、やってんらとか、これはどうやって思いついたんらとか」

「なんで三百本も買ったんだろ？」

「気に入ったとは言ってたよ」

「気に入った？」

「おひらが思うに、たぶん、これは頓知《とんち》が利いている、と思ったんらよ。すごく興味を持ったふうらったもの」

「頓知ねえ」

当人には悪いが、頓知も洒落《しゃれ》も感じない。単なる底上げを飴にほどこしただけで、思いついても誰もやらないたぐいのものだろう。

「どう、日之さん？」

助けを求めるように日之助に訊いた。

「ん、ああ」

日之助の返事ははっきりしない。

その話を聞いた日之助は、嫌な感じがした。

——逆だ。馬鹿にされてるのだ……。

と、日之助は思った。

——もしかしたら、おやじたちがやっている集まりがからんでいるのかもしれない……。

その集まりは三月《みつき》に一度、二十日の日にやっていた。

たしか〈苦笑会〉と名づけていたはずである。

会の仲間は十四、五人ほど。札差は四、五人ほどで、ほかに両替商や海産物問屋、薬種問屋もいた。

いわゆる豪商ばかりである。揺るぎない商売をしている。

そんな連中が、巷《ちまた》で見つけてきたとんでもない商売や、商品などを披露し合って、面白がろうという趣旨である。

面白がるといっても、商売の参考にしようとか、盗もうという発想はない。そんなものが見つかったら、誰にも教えず、さっさと盗んでしまう。

とても真似《まね》などする気になれないもの。あまりのくだらなさに笑うしかないもの。要はがらくたを集めて、笑い合う。

自分たちは金だけ持って、必死で生きている連中を小馬鹿にしているのだ。

日之助もおやじの代理で二度ほど出たことがあった。

たしかに思わず笑ってしまうほど愉快な商売はある。正直、あまりのくだらなさに笑ってしまったりもした。

日之助が出たときは、お札《ふだ》を売ってまわる商売と、稲荷寿司売りが披露されていた。

お札のほうは、「八幡《はちまん》神社」と書きたかったらしいが、勘違いしていたのか、それとも「幡」という字が書けなかっただけなのか、「八番神社」となっていた。それで、「八番目じゃだいぶ位も低いから、拝んでも駄目だろう」と、皆で笑いものにした。

稲荷寿司のほうは、油揚げと飯のあいだにおからを入れ、巧妙に嵩《かさ》上げをはかっていた。なかなかうまくできていたが、ただ食べればすぐにわかった。しょせんはこれも笑いものである。

その商いをしている当人を会に呼ぶときもあれば、品物だけ持って来て、説明することもある。当人を連れて来ても緊張しまくってしまい、かならずしも面白くなるわけではない。それで呼ばないときが多かった。

当人たちは必死なのである。

それを、いくらかは馬鹿にしながらも、そのけなげさ、哀れさもいっしょに感じるべきだろう。しょせん、人の営みなどというのは、大きな目で見たら、似たり寄ったりではないか。

だが、あの連中は、そうは思わない。高みに立って、嘲笑《あざわら》うだけだった。

明日は二月の二十日である。

深川の料亭〈山月楼《さんげつろう》〉に集まるはずである。

――のぞいてみるか。

と、日之助は思った。

ひさびさにおやじの顔を見ることになるだろう。

葛飾北斎は、浅草堀田原に来ていた。

幕府の御米蔵に近いこの地には、かつて堀田相模守の屋敷があったが、火事で焼けたあとは馬場と町人地になっている。

ここに旗本の高屋彦四郎《たかやひこしろう》を訪ねて来たのだ。

高屋彦四郎には、もう一つ、別の名がある。戯作者としての名、柳亭種彦である。十年ほど前に出した『偐紫田舎源氏《にせむらさきいなかげんじ》』が洛陽の紙価を高めるほどの大人気となった。これはいまだに続編の刊行がつづいている。

戯作が売れたおかげで、長年住んだ下谷御徒町《おかちまち》の御先手《おさきて》組屋敷を出て、ここ浅草堀田原に家を新築した。〈偐紫御殿〉と呼ばれる洒落た家である。

この柳亭種彦が、偏屈でなる北斎と気が合った。

種彦のほうも、決して癖がないわけではない。ひどい癇癪《かんしやく》持ちである。

北斎は一度、種彦が怒って、版元の手代を罵倒《ばとう》するのを見たことがある。あまりの怒りように唖然としたくらいだった。

北斎は怒っても、声を荒らげたりすることはない。むすっとして口を利かなくなるくらいである。

だから、種彦とは性格も違うはずなのだが、そこが馬が合うというものなのだろう。

「やあ、柳亭さん。近くまで出られますか?」

北斎は玄関口で訊いた。家族や弟子たちには、聞かせたくない話である。

「もちろんです」

二人は隅田川沿いの道を歩き、水茶屋に腰を下ろした。

御厩《おうまや》河岸の渡し船が大川をゆっくり横切っていくのが見えている。

「半次郎が来てますすよ。今度は本郷あたりで富士参りに行く人を募っています」

と、柳亭種彦は言った。

「本郷界隈ですか。じつは、半次郎に会わせたい人がいましてね。どうしたらよいでしょう?」

「また、顔を出すころです。言っておきますよ。しばらく同じところで昼飯を食うようにと。本郷ならどこがいいでしょう?」

「本郷ね。神田明神は近いですな」

「いいでしょう。神田明神で昼飯を食うように言っておきます。北斎さんもいっしょですか?」

「ええ、二人を会わせるのに、おれも行くつもりですよ」

「北斎さんはまだ麻布ですか？」

「いや、大きな仕事も終わったのでね、昨日から本所にもどりました」

転々とはするが、ほとんど本所の中をまわっている。柳島の妙見さまを祈るためにも、本所界隈のほうが都合もいい。北斎は妙見さま、すなわち北斗の星を拝みつづけてきた。

「世の中はどうなっていくのですかね」

と、北斎は訊いた。

「ちと、締めつけが厳しくなるかもしれませんよ」

「そういう動きがありますかい？」

柳亭種彦は二百俵取りの旗本である。高禄ではないが、北斎などよりはやはり幕府の中枢の動向をつかみやすい。

「老中の水野《みずの》が実権を握りました。この水野が懐刀として使おうとしているのが、本丸目付の鳥居耀蔵です」

「名前は聞いてます。しつこい野郎だそうで」

「陰険なヘビのような男です。この男が、町奉行の席を狙っているようなのです」

「町奉行を」

北斎たちにもいちばん関わりがある役職である。

「そうなると、鳥居の牙《きば》はもろに町人たちに向いてきます。いや、我々下っ端の武士だって狙われるかもしれない」

「そうですか。じつは」

「どうしたんです？」

「鳥居に餌をまくようなことにならないといいのだが」

「餌を？」

「大塩平八郎が生きているんです。半次郎に会わせたいというのは、その大塩なんですよ」

「そうでしたか……」

その名は柳亭種彦にとっても衝撃だった。

「大塩は打ちひしがれてなどいません。元気でした」

「半次郎と会うとどうなります？」

「大塩は江戸での義挙を支援してくれと頼むでしょうな」

「富士講は動きますか？」

柳亭種彦は訊いた。

「それはわかりませんよ」

「江戸で戦乱が起きますかね？」

柳亭種彦は不安げにつぶやいた。

「それと、巴里物語の戸田吟斎の足取りもぴたりと途絶えているらしいですぜ」

と、北斎が川の流れを見ながら言った。大塩の仲間になったおこうの弟の橋本喬二郎が、吟斎の足取りを追っているが、わからなくなっているとのことだった。

「いったん国を出たが、昨年、長崎にもどったのでしょう？」

「ええ。江戸にも来ているという話もあるんです」

「まさか」

「捕えられたのかと、それも心配なんですよ」

「それは」

柳亭種彦の眉間の皺が深くなった。

「なにせ、柳亭さんもおれも巴里物語を読んじゃってますしね」

「あれを読んで、胸の奥が揺さぶられた。いまになると、読まなければよかったと思うことがあります」

と、柳亭種彦は神経質そうに目をしばたかせながら言った。

五

日之助は、深川の永代寺門前仲町にある山月楼にやって来た。店のほうは、古い友だちと会うということで休ませてもらった。下ごしらえはすべてしてきてあるので、小鈴にもそう迷惑はかけないだろう。

有名なわりにはさほど大きな料亭ではない。だが、日本橋や蔵前、木場の豪商たちによく利用されている。

寿司が自慢である。とくに、めずらしい貝の寿司が出る。精がつくといい、ここから吉原に足を伸ばす客も少なくない。

二階の掘割が眺められる十畳ほどの部屋。いつもそこで集まる。

全員そろえば十四、五人だが、いつも都合で一人、二人は欠ける。

隣の部屋あたりに入って、盗み聞きするのがいちばん簡単だが、なにせ日之助はこの店で顔を知られている。

「おや、いま、お父さまがいらしてます」

などと言われてしまうだろう。

屋根裏から忍び込んでのぞくしかないが、掘割をのべつ舟が行きかっているので、見られないよう気をつけなければならない。盗みでもないのに、こんなことをするのは初めてのことだった。

外で見張っていると、顔なじみの男たちが山月楼に入って行くのが見えた。おやじも来た。ひさしぶりに見る。すこし痩《や》せたのではないか。

懐かしさとは違うが、自分でもよくわからない強い感情がこみ上げて来て、日之助は嗚咽《おえつ》をこらえた。

人気《ひとけ》のないのを見計らい、日之助はモクレンらしき木を伝って、料亭の隣の船宿の屋根に乗った。念のためにモクレンの幹に赤い紐《ひも》を渡した。いざというときはこれを伝って、掘割に飛び込むことになる。

船宿には客がいた。物音を立てぬよう、そっと屋根の上を歩く。隣の料亭とはほとんど軒を接していて、ひと跨《また》ぎである。

会がおこなわれている部屋は見当がつく。

瓦を剝《は》がし、持参した釘抜きで板をはずし、天井の梁《はり》へ降りた。天井板をすこしだけずらせば、男たちの頭は丸見えだし、声もよく聞こえる。

「飴ですかな、それは？」

「そう。両国広小路のはずれで、二文で売っていました」

答えたのは若松屋《わかまつや》のあるじ、すなわち日之助のおやじだった。喜助から六百文ほどで買い上げたのもおやじだった。

わきには藁束《わらたば》が立ててあり、そこには例の飴がいっぱい刺さっている。飴は何色かあり、花が咲いているようで、なかなかきれいである。

「ただの飴に見えますな」

「この飴は舐めても舐めても減らないんだそうです」

おやじがそう言うと、宴席に笑いがあふれた。もちろん、失笑、嘲笑、蔑笑のたぐいである。

「ほんとうなのですか？」

「ほんとうですよ」

「ははあ、飴は上っつらだけですな。中身は木だ」

すぐに見破られた。

「ご名答」

おやじが言うと、また、皆が笑った。

「これを売っていたのはまだ三十手前くらいの男でしたが、歯は一本もありません。子どものころから飴ばかり舐めて、ぜんぶ虫歯になってしまったそうです。売るほうがそういう顔をしてちゃまずいだろうと思うが、なあに当人は平気の平左」

「あっはっはっは」

「いかにもうまそうに、その飴をしゃぶって見せている」

「売れてるのですか？」

「たまにね」

「どれどれ」

皆、一本ずつ手にした。舐める者もいれば、眺めているだけの者もいる。

「こりゃあ売れないな」

「すぐばれるもの」

「怒るやつもいるでしょうに」

感想がつづいた。

「だが、当人はさも、いい考えでしょうとばかりに自慢げでしたよ」

おやじはそう言って、あの男のくちぶりでも思い出したか、大きな声で笑った。

——嫌な笑いだぜ。

日之助は顔をしかめた。

「では、次はあたしの番」

そう言ったのは、同じ札差の岡崎屋《おかざきや》のあるじだった。

おやじとは盟友のふりをしつつ、腹に一物持っている。おやじのほうは、どうなのか。盟友と思っているのか。それとも岡崎屋と似たようなものか。

おそらくは後者だろう。同じ仕事をする商人同士に、友情などあるわけがない。

それはあの連中だけのせいではなく、この世の根源にある生きる悲しみとつながっていることなのかもしれない。

「あたしが見つけたのは、知り合いの飛脚が考えたものでしてね。これなんですよ」

と、二本の杖《つえ》を見せた。

「杖ですな」

「二本あるというのは、二本使うということですか？」

「ただの杖に見えますな」

「いや、杖よりはすこし長いな」

感想がつづいた。

「信州屋《しんしゅうや》さん。よく気がつかれた。これは二本いっぺんに使うんです。それに宝来屋《ほうらいや》さんもいいところに目をつけられた。これはふつうの杖よりも長いです。というのも、ふつうの杖だと身体の重みを支えるため、これに寄りかかるようにするからです。この杖を使うのは飛脚ですから、そんな足の弱った人のような使い方はしない。これは、こんなふうに使うんです」

と、岡崎屋は立ち上がった。

「こうやって走ります」

歩きながら、両方の杖も動かす。

「つまり、手の力も地面に伝えて、けものが四つ足で歩くのと同じようにしてる。こうすることで、手の力の分も加わるから速くなるし、足の疲れはいくらか軽くなるというわけです」

「ほう」

「そんなにうまいことといくのですか？」

こちらの声にはいくらか感嘆が混じっている。

「飛脚はいくと言っています。あたしが見たところではよくわからない」

「でしょうな」

「ただ、これを思いついた飛脚の考え方が面白い」

「なんでしょう？」

と、皆、興味を示している。

「足が必死で働いているときに、手を遊ばせておくのは勿体ないだろうと思いつき、それから考えたのだそうですよ」

「ほう。手が勿体ないと」

「吝嗇《りんしょく》がもとになったわけか」

「だが、人が四つ足の真似をするのもねえ」

「まあ、飛脚の考えることですな」

「あっはっは」

日之助は聞いているうちに胸が悪くなってきた。

「誰も自由など求めておらぬ。自由になどなったら、人は困惑するだけだろう」

と、鳥居耀蔵は言った。

「なぜ、困惑する。嬉しくて自由に羽ばたくだけではないか」

戸田吟斎は不機嫌そうに言った。鳥居の目を見ていないのは自分でもわかっていた。この男の目を見返すことがこの数日、つらくなっていた。

「一瞬はな。だが、すぐに人は縛られたくなる。皆、そうではないか。大きな傘の下に入って、やるべきことを与えられ、暮らしを規制され、そうしてこそ、生き生きと働き出す。人というのは、そういう生きものであることは、曇りのない目で見れば、一目瞭然《りょうぜん》ではないか」

「う……」

戸田吟斎は小さくうめいた。

巴里で見た光景を思い出していた。

それは、軍隊の募集に応じた人々の群れだった。最初、何のために並んでいるのかわからなかった。だが、軍人になりたい人たちだと聞いて、唖然とした。相次いだいくさにまだ懲りていないのだろうか。軍人になどなってしまったら、自由とは正反対の暮らしとなることに気づいていないのだろうか。吟斎は首をかしげるばかりだった。

また、貴族の馬車に頭を下げる人も見た。それはまるで、もう一度、自分たちを支配して欲しいと頼んでいるような光景だった。

「そなたもわかっているのだ」

「…………」

「賢明なそなたが気づかないはずがないのだ。人は自由にはすぐ耐えられなくなるということを」

「…………」

「だから、自由を金色の夢のように掲げるのは嘘っぱちだと言っておるのだ。人々をだまそうとしているのだ」

「だまそうとだと？」

「そうだろうが。求めもしない、たいしてよくもないものを、さも素晴らしいものとして掲げたら、それは詐欺以外の何物でもあるまい！」

「………」

自由についての鳥居と吟斎の論争は、だいぶ雲行きが怪しくなってきていた。

当初、吟斎はその素晴らしさを論じた。

それは、『巴里物語』でも、もっとも痛快な場面として描いていた。牢獄から囚人を解き放つ場面。貴族と聖職者の甲冑《かっちゅう》や衣服をはぎとっていく場面。まるで、桃太郎が鬼ケ島の鬼を退治するような書きっぷりだった。

鳥居は巴里物語を読んでいない。だが、そこを読ませどころにしたことを推察した。

「自由を勝ち取る痛快さを書いたのであろう。だが、そのつづきまできちんと書かなければなるまい」

「つづき……」

「そうじゃ。自由など持った日には、重苦しくて、さっさと投げ捨ててまた誰かに服従したくなるときまでをな」

少なくともそれは、吟斎がまさに巴里で目の当たりにした現実であった。

六

日之助はキセルを手に考えていた。

ちょっとしたとき煙草を吸うけれど、そうのべつは吸わない。源蔵はしょっちゅう吸っていて、星川はこのあいだまでかなり吸っていたが、近ごろはやめている。

いまも入口の横で煙草を吹かしている源蔵に訊いた。

「源蔵さんは煙草をやめたいと思ったことはないんですか？」

「しょっちゅうだよ」

「やっぱり難しいですか？」

「なあに、どこかの戯作者も言ってたぜ。煙草をやめるのなんてかんたんだよ。あたしはもう百回もやめたよって」

「あっはっは、それくらい難しいんですね」

「ああ、難しいよ」

　わきから星川が、

「口寂しくなるんだよな」

「飴を舐めたりは？」

「煙草を我慢するたび飴を舐めてたら、虫歯になったり、肥ったりするよ」

「そうでしょ、星川さん。だから、この飴は、煙草をやめたいと思っている人に勧めればいいんですよ」

　と、喜助の飴をふらふら揺らしながら日之助は言った。

「煙草をやめたい人ねえ」

「いっぱいいますよね？」

「そりゃあ、うじゃうじゃいるよ。みんな、身体に悪いし、息や着物が臭くなるし、しかも金がかかると、いいことなんざなにもねえと思ってるさ」

　星川はうなずきながら言った。

「だったらうまく訴えたら売れますよ」

日之助は筆を取り、しばらく考えた。

それから、よしとうなずき、手早く筆を走らせた。

口寂しい思いもせず
煙草がやめられたのは
この飴のおかげです
ありがた屋の飴

煙草がやめられた、というところは朱筆を入れて目立つようにした。

それから喜助のところに行き、両国広小路の煙草屋の近くに行ってこの紙を貼り、飴を売ってみるといいと勧めた。ただし、まったく味がないと飽きてしまうだろうから、すこしは中の木に味を染みこませたほうがいいかもしれない、とも言っておいた。

「ありがた屋れすか？」

「店の名前はあったほうがいいよ」

「飴屋ごときにれすか？」

「そりゃそうだよ」

日之助は励ますように肩を叩いた。

喜助は半信半疑で持って行ったが、その日のうちに十本売れたともどって来た。

それからも毎日五本から十本ほど売れつづけた。
四、五日ほどしたころだった。
「日之助さん、来ましたよ。このあいら、ぜんぶ買い上げてくれた人が」

と、喜助が告げた。

「なんか言ってたかい？」

「まさか、売れてるのかって」

「驚いてたかい？」

「ええ。なんらか悔しそうにも見えましたよ」

「そうかい。そりゃあよかったぜ」

一泡吹かせたと言ったらおおげさだろう。だが、このあいだ馬鹿にした男に対して、目を瞠る思いをさせたことは明らかなはずだった。

「ざまあみやがれ」

日之助は胸のうちでつぶやいた。


戸田吟斎は、檻の中で横になっていた。

疲れ切っていた。

鳥居がもどって来た。

去ったかと思うと、また、もどって来る。この男の得意な責め方なのだ。それはわかっていても、吟斎の心をひどく疲弊させた。

「それほど民衆の蜂起《ほうき》が素晴らしいものだったなら、なぜ、ナポレオンを皇帝にした？　なぜ、ふたたび王朝が復活した？　民衆は勝利したのではなかったか？」

「それは……」

「ならば、民衆はただ、暴動を起こしただけで、さらなる混乱を招いただけではなかったのか？」

「…………」

そういった面は否定できなかった。

「なぜ、ゆっくり進もうとせぬ？」

「ゆっくり進もうとしたら、かならず力のある側に取り込まれ、抹殺されてしまうだろうが。ものごとには勢いが必要なのだ。たしかに巴里の蜂起のときは、頭領に才のある者が欠けてしまったかもしれぬ」

では、自分ならそれができるのだろうか。

吟斎は近ごろひどく自分に自信をなくしていた。

「これは、そなたに言ったほうがよいのか、ずっと迷っていたのだがな」

鳥居の口調が変わっていた。

「なんですか」

「…………」

また、間があった。

「言いたくなければ、言わなきゃいいでしょうよ」

「おこうさんは亡くなっている」

「え？」

吟斎は身体を起こし、鳥居を見つめた。

鳥居はうつむいている。

しかも、驚いたことに、その目からは涙が滴《したた》り落ちているではないか。

「なんなのだ、いったい？」

「おこうさんは亡くなったのだ」

「きさまが殺したのか！」

吟斎は大声を上げた。自分でも、疲れ切っていた身体のどこにこんな力が残っているのか、と思うほどの声だった。

「わたしではない。だが、わたしにも責任はあるかもしれない」

「ちゃんと話せ！」

「わたしはそなたが書いた巴里物語は、やはりおこうさんが持っているのだと睨んだ。しかも、おこうさんのもとには弟の橋本喬二郎が出入りしている。その弟も手下に見張らせていた。ところが、その手下どもが猿知恵を働かせた。おこうさんのやっていた店——二階におこうさんが寝ていたが——そこに火をつけ、持って逃げるところで略奪しようと考えた」

「なんと」

「そやつが言うには、店の奥に火をつければ、二階から悠々と降りても逃げられるはずだったと。だが、おこうさんは逃げ遅れた。そして、焼け死んだ……」

「そんな」

「わたしはおこうさんに手荒なことはするなと命じていた。なのに、そのようなしくじりをしでかした手下に怒り、始末した。だが、わたしの責任はあっただろう」

「おこうが」

「おこうさんは、そなたの巴里物語を守ろうとしたのだろう。それが死を招いたに違いない。そなたの間違いだらけの巴里物語をな」

「………」

「それでもまだ守りたいか？　巴里物語を、愛と自由と平等を？」

鳥居の問いが重苦しくのしかかってきた。

第四章　沈んだ死体

一

八幡信三郎は不愉快だった。

叔父の鳥居耀蔵が、小人目付の二人に使ってくれと伝えたのにもかかわらず、二人は信三郎に何の用も言ってきていない。

——舐めているのだ。

と、信三郎は怒った。

それは信三郎がまだ若いからなのか。しかも、童顔のため、さらに若く見えるからなのか。いずれにせよ、二人が自分のことを一人前と見なしていないことは明らかだった。

——ならば、勝手に動くだけだ。

信三郎はそういうことに決めて、町に出ることにした。

この前の話では、ずいぶん大勢の名前が上がっていた。大塩平八郎、御師の半次郎、葛飾北斎、柳亭種彦、矢部定謙。そいつらを見張るなどと言っていた。見張るより、捕まえたほうが早いだろう。とくに大塩と御師と北斎あたりは。

——大塩を捕まえるか。

と、信三郎は思った。本当に生きているなら、たいした大物である。葛飾北斎も大物だが、聞けば八十になろうという爺いだというではないか。わざわざ自分が捕まえるほどではないだろう。

大塩平八郎という男のことは、千葉道場でもずいぶん話題になっていた。陽明学者としては一流だったこと。挙兵は義挙であったこと。そうではなく、愚挙であったこと。もともと成功するはずもなかったこと。道場の弟子たちの意見はさまざまだった。

信三郎はそんな判断をする気はなかった。判断は叔父のような、何ごとにも自分の意見を言いたい性格の男にまかせておけばいい。親類縁者にはそうした男が大勢いた。

信三郎は捕まえることに興味があった。捕まえるというのは、人が本来持っている強い欲求なのではないか。飯を食いたいとか、女を抱きたいといった欲望に近いもの。信三郎は狩りというものをしたことはなかった。だが、鷹狩りだの巻狩りだのといった言葉を聞くと、子どものころから胸がときめいたものだった。

「捕まえる。大塩狩り」

言葉に出してみた。震えるような快楽の予感があった。

まずは、探し出さなければならない。あいつらが大勢で探しても見つからない男を、たった一人でどうやって探し当てればいいのか。

信三郎は考えを巡らせた。そして、もしも江戸に来ているのが本当なら、手がかりもその人となりを知ることで得られるのではないか、と思った。

大塩平八郎という男は、大坂の奉行所と豪商たちに対して大砲をぶっ放したが、すべての商人に怒りを持っているわけではなさそうだった。大塩を支援するような商人もいたらしかった。

ならば、もし、江戸に出て来たときも、商人を頼るのではないか。そうでもしなければ、禄をなくした武士が、江戸で食べていけるわけはないはずである——と、信三郎は考えた。

それなら、大坂にも江戸にも店があるところだろう。

だが、信三郎はそうした商売のことにはまるでくわしくなかった。一度だけ、上方からの酒が運ばれてくるのを見たことがあり、霊岸島の新川というあたりに、その大坂からの出店の酒問屋がいくつもあることは知っていた。

——新川を見張るか。

そう思った。

信三郎はその場所に向かった。まず、行動する。叔父にもそういうところがある。八幡の家を含め、学者の多い家系だが、書斎に閉じこもるような者は少ない。学んだことは外で活《い》かさなければならないというのが、一族のうちで暗黙の了解となっていた。

新川の堀沿いには、なるほど大きな酒問屋が並んでいた。

信三郎はここを何度も行ったり来たりした。

商人の町だが、武士の往来も少なくない。大塩の身体的な特徴はなにも知らない。

だが、大坂から縁を頼ってこのあたりに滞在しているなら、店の奥のほうから出入りするのではないか。

歩きながら、そういう武士を探し、あとをつけてみることにした。

なにせ、お城勤めではないから、時間はたっぷり持っている。退屈しのぎにはぴったりの仕事だった。


橋本喬二郎は、まだ戸田吟斎の足取りを追っていた。

不思議だった。

現れるべき人物のところを訪ねていない。本来、真っ先に顔を出すはずだった高野長英のところに来ていないらしい。同じく渡辺崋山も訪ねていない。

だが、蘭学者たちの誰に訊いても、それらしき人物が町奉行所に捕まったという話を聞いていないという。高野の弟子には奉行所とつながる者もいて、かなり正確な話をつかんでいるはずなのだ。

――奉行所以外の者に捕まっている？

そもそもが義兄の戸田吟斎を追いかけていたのは奉行所の筋ではなく、目付の筋だった。いまは町人と言ってもいい義兄をなぜ、目付が？

本丸目付、鳥居耀蔵。

しばしば名を聞く。幕府の中でも執念深いので知られる人物らしい。幕府の中でも洋学嫌いで有名な男だという。世の中の新しい動きには敏感で、しかもそれをなんとしても弾圧しようとしているらしい。まさか、その鳥居の手の者に捕まったのか……。

鳥居の屋敷は、昔からの友人に訊いた。橋本家は微禄ながら旗本である。旗本の次男坊、三男坊の友だちは大勢いて、調べるのはかんたんだった。

下谷新屋敷表門通り。神田川の佐久間河岸あたりに近い。武家地だが、町人地とも隣接し、人の通りも多いだろう。

――よし、探ってみるか。

橋本喬二郎は物売りに化け、あの界隈にはりつくことにした。このところ、物売りに化けるのが面白くなってきていた。

夕方――。
岡っ引きの源蔵が坂下町の番屋に顔を出すと同時に、

「たいへんだ。新堀川に死体が」

と、男が飛び込んで来た。船頭が見つけ、通りすがりの男に、近くの番屋に報せてくれと頼んだらしい。

番太郎といっしょに、すぐに駆けつけた。また、殺しなのか。この前は鎧を着た死体を目の当たりにして足が震えたのを思い出した。

「そこです」

一ノ橋からすこし上流に行ったあたりである。

岸辺に猪牙舟が横付けしていて、船頭が指を差している。

その舟には、〈小鈴〉の常連である林洋三郎《はやしようさぶろう》が乗っていた。

「よう、源蔵ではないか」

「これは林さん」

「これから〈小鈴〉に行こうとやって来たら、とんだものを見つけた。もののついでで、なりゆきを見物しようと思ってな。そういえば、岡っ引きになったのだったな」

のん気なことを言った。

青く翳《かげ》りはじめた水の中に、うっすら影が見えている。なるほど死体である。

数人集まり出した野次馬の中で、

「さっき、ごろごろっというような音がしたから、土手から転がり落ちたんだな」

と、言った者がいる。

「おい、いまの話は本当か？」と、源蔵が訊いた。

「ええ。あっしはすぐそこの煎餅《せんべい》屋ですが、音を聞きました。荷物でも落としたのかと、たいして気に留めませんでしたが、そのとき川の中を見ればよかった」

「ここらにはほかには誰かいたかい？」

「いいえ、誰もいませんでした」

とすれば、自分で落ちたのだろう。源蔵はホッとした。こんな町内で、そうのべつ殺しがあってはたまらない。

川の深さを見る。今日の水かさはさほどでもない。膝のすこし上くらいだろう。

「引き上げよう」

源蔵が川に足を入れたとき、

「矢右衛門《やえもん》さんはどこだ？」

「お前さん」

二人の男女が土手を駆け下りてきた。

男は五十くらいで、坊主頭に筒袖。

「わしの患者だ」

と言ったので医者だろう。後ろでおろおろしているのは、矢右衛門とやらの女房らしい。源蔵と番太郎が死体を岸辺に上げた。

額と頰にすり傷らしきものが見えた。

――ん？

一瞬、変な感じがした。だが、それが何なのかはわからない。

医者が死体の胸に耳を当てた。

「まだ息がある」

「息はねえよ」と、源蔵は笑った。

「いや、ある」

医者は言い張った。

「だって、沈んでいたぜ」

「ならば、胸に手を当ててみよ」

と、源蔵の手を取り、死体の胸に押しつけた。鼓動はないように思える。

「これで脈があるのかい？」

「お前は医者か？」

「いや、ただの十手持ちだが」

「わしはこの道三十年の医者だ。そのわしが息があると言っているのだ。さ、早くわしの家に運べ。なんとかなるかもしれぬ」

医者は自分で背負うつもりらしい。抱き起こし、両手を持ち、

「ほら、背中にのせるんだ。早くせい」

と、番太郎や野次馬たちに怒鳴った。

皆、慌てて手伝うが、矢右衛門の首は垂れ、手足にもまったく力は入っていない。

すると、わきにいた女房が、

「でも、洪庵《こうあん》先生、万が一、生き返っても、先は」と、言った。

これを源蔵が訊き咎めた。

「どういう意味だ？」

「いえ、うちの人は腹に腫物《はれもの》ができていて、もう長いことなかったんで」

「ほう」

だが、かまわず土手を登り出した医者は、

「たとえ、残りはわずかでも命の炎は最後まで燃やしてやるのが医者のつとめ。さ、早く家へ」

と、怒鳴るように言い、周りにいた四、五人に手伝わせて、連れて行ってしまった。

源蔵は呆れている。

「生きているのか?」

舟にいた林が訊いてきた。

「いやあ、あっしには三途の川は渡り切ったように見えました」

「うむ。わたしにもそう見えたがな」

「どうせ、幽霊になって帰って来るのが関の山でしょうが。医者がそこまでやるというんだから、ま、いいですか」

源蔵は苦笑いするしかない。

二

八幡信三郎はまだ新川にいた。

酒問屋が並ぶ通りを行ったり来たりしていた。昼前からはじめて、もう何度、往復しただろう。

腹も減ったので、さっきは屋台のそばを食べた。天ぷらを入れて食べたので三十二文取られた。これはなんとしても叔父に出してもらわなければならない。

夕方だったが、一人、ここの並びの奥のほうから武士が出てきた。荷物も持たず、いかにも客分のようだった。

武士はしばらく歩き、日本橋に近い小さな店に入った。そこは口入れ屋らしかった。

信三郎は後ろから近づき、武士が話しているのを盗み聞きした。

「あの店の用心棒仕事もそろそろ終わりそうなのでな、次を探しておいてくれ」

どうやら、用心棒の仕事のために、酒問屋に泊まり込んでいたらしかった。信三郎はこの武士をつけるのはやめ、急いで新川に引き返した。

もどってまもなく、三人連れの武士が大川のほうからやって来て、さりげなくあたりをうかがうようにすると、一人が路地の奥に入って行った。

それからしばらくして、入って行った武士がもう一人の武士を伴なって出てきた。

新たに出てきた武士は何も手にしていない。まさに客のようである。

だが、一目見て、信三郎はこれは違うな、と思った。笑顔を見せたが、それが明るすぎた。挙兵に失敗し、江戸に逃亡してきたのである。あんな笑顔ができるわけがない。

四人は信三郎のわきを通り過ぎた。

新たに出てきた武士のほうは笑顔のままだったが、ほかの三人の目つきは違った。信三郎を鋭く一瞥《いちべつ》し、笑顔の男をさりげなく取り巻くようにした。

――守ったな……。

信三郎を見て、腕が立つと思ったのだ。それで自然と大事な人物を守るような態勢を取ったのだ。

――大塩だ。

と、信三郎は確信した。本人ではなく、取り巻きたちのおかげだった。

四人は大川に向かった。

信三郎はあとをつけた。

四人は大川沿いの河岸に下りると、すぐに舟を拾った。

――しまった。

信三郎は慌てて河岸まで走った。だが、舟は岸を離れてしまった。四人が二組に分かれて、二艘《そう》の猪牙舟に乗り込み、河口のほうへと出て行った。

あとを追うにも金がない。さっき食べた天ぷらそばで、巾着の中身は残り四文になっていた。

――これでは追いかけることもできないではないか。

叔父からなんとしても前金をもらうつもりだった。

源蔵は医者の家の前に立ち、ときおり中をのぞき込んだりしていた。

さっきは、源蔵が中に入ろうとすると、

「岡っ引きは医療の邪魔だ。来ないでくれ」と、言われた。

どうやら、息を吹き入れたり、胸を叩いたりといったことをつづけているらしい。奥の部屋でやっているため、外からはまったく見ることができない。

途中、白髪頭でよく肥った患者がやって来たが、取りこみ中なので後で来るように言われたようだった。

源蔵はこの男を捕まえた。

「ちっと話を聞かせてもらいてえんだがな」

ちらりと十手を見せた。

「なんですかい?」

「なんてったっけ、ここの先生」

「中川《なかがわ》洪庵先生」

「ああ、洪庵先生は、いつからここで医者をやってたんだろうな?」

「長いよ。おれがまだ若いころからやってたから」

「そんなに長いのかい」

三十年、医者をやってきたというのは嘘ではないらしい。

「ただ、最初は骨つぎ専門だったよ」

「そうなのか」

「骨つぎをやりながら、薬のこととかも学んだんだろうな」

「なるほど」

「それで本草《ほんぞう》のほうもやり出して、診立《みた》ても悪くないからずっと患者は来てるしな。だが、蘭方《らんぽう》だと言い出したのは近ごろだな」

「蘭方なのかい？」

「そうだっていう話だぜ。いざってえと、腹、切り裂いたりもするらしいから」

「じゃあ、長崎とかに行ったのかね」

「どうかね。いつ、行ったのか、おれは知らねえよ」

患者は腹が減ったと言い、帰って行った。

奥の部屋ではまだ、手当がつづいているらしい。

「おっ、いま、心ノ臓がことことと言ったぞ」

と、洪庵の声がした。

「ほんとかよ」

源蔵が奥の部屋に行こうとすると、

「あ、また途切れた。くそっ」

洪庵は悔しそうに喚《わめ》いた。

矢右衛門の女房は疲れたように、玄関口に腰を下ろしている。

「家は商いをやってるのかい？」

と、源蔵は声をかけた。

「ええ。そっちの通りで下駄屋をしています」

「いつから具合が悪くなったんだ？」

「去年の秋ごろから腹が痛いと言い出しました」

「すぐに洪庵に診てもらったのかい？」

「いいえ。最初は仙台坂下の仁斎《じんさい》先生に診てもらったんですよ」

と、女房は声を落とした。そのことは、洪庵には言っていないらしい。

仙台坂の仁斎は腕のいいので知られる。いくつかの藩にも呼ばれたりするほどで、なかなか診てもらえないうえに、診療代も高いという評判である。

「診立てはこことといっしょだったかい？」

「はい。腹の中にできものがあると言われ、治すのは難しいと言われたそうです。

でも、いろいろ食うものに気をつけたり、薬を飲んだりすれば、病の進みを遅くして、五年、十年生かすことはできると」

「矢右衛門はいくつだったんだ？」

「五十二です」

五年で五十七、十年で六十二。充分、長生きではないか。

「なんで、そっちに通ってなかったんだ？」

「酒や煙草はやめろとか、いろいろ言われて、守れなくなったからじゃないですかね」

女房は亭主を馬鹿にしたような口ぶりで言った。女房との仲はよくなかったらしい。

「こっちに来たのは？」

「ひと月ほど前ですよ」

「子どもはいるのかい？」

「倅《せがれ》が一人いますが、すっかりぐれちまいまして」

「勘当か？」

「勘当まではしてないんですが、いまは鳶《とび》の者になって、家にはほとんど寄りつきませんよ」

「矢右衛門は最近、なにか変なことを言ったり……」

源蔵の言葉をさえぎるように、

「親分さん」と、女房が言った。

「なんだ？」

「うちの人、なにか変なことでもしてたんですか？　お縄になるようなことでも」

「なんで？」

「だって、土手から落ちて死にかけてるだけなのに、ずいぶん気にしてくれてるから」

最後のほうの言葉は迷惑そうに言った。

「いや、そういうわけではねえんだが」

源蔵も不思議だった。

こんなことは、あとは町役人たちにまかせて、うっちゃっておいてかまわないのである。いったい、なぜ、こんなに矢右衛門のことが気になるのか。

「うん、まあ。ちっと気になったんでな」

そう言って源蔵が帰ろうとしたとき、奥の戸が開いた。

「やはり、駄目だった。やれることはすべてやったんだが」

その言葉を聞くと、女房は声こそ出さなかったが、顔に手を当ててうずくまった。

仲が悪くても夜は悲しみを連れてくる。

「ちっと遺体を見せてくれ」

源蔵は洪庵を押しのけるように、奥の部屋に入った。

遺体は濡《ぬ》れた着物を脱がされ、白い着物姿になっていた。


大塩たちは舟で大川を上流にさかのぼった。

このところ、屋形船が多くなっている。そろそろ桜がほころびはじめていて、江戸っ子たちの心が浮き立ってきているのだろう。

「北斎さんも屋形船で来るらしい」

大塩は行き来する屋形船を見ながら言った。

「これほどいっぱい出ていると、探すのは大変ですね」

同志である若い武士が言った。陽明学の弟子筋でもある。

「いや、両国橋の下で待っていてくれるそうだ」

大塩と御師の半次郎が会う手立てを北斎が講じてくれた。もう八十近い北斎が、あちこち歩きまわって、段取りをつけてくれたのだ。当初、神田明神の境内で会うことにしたが、やはり大勢いるところでは誰に見られるかわからない。

いちばんいいのは川の上だということになった。

さすがに風景画をたくさん描く絵師だけあって、そういったことには気がまわる。船の上なら誰かに話を聞かれる心配もない。

「あれだ」

両国橋の下に屋形船が一艘、漂うようにしている。

船首のところに北斎が立っていた。

「北斎さん」

「さあ、こっちに」

大塩たち四人はここで猪牙舟を帰し、屋形船に乗り移った。

北斎の隣に、三十半ばくらいの男がいた。

「大塩さん。これが御師の半次郎です」

と、北斎が紹介した。

「おお、お会いしたかった。大塩平八郎です」

「半次郎です。よく五合目の半次郎と言われます。富士の五合目で生まれたということもあるのですが、ふつうの男の五合目分くらいしか背丈が足りないからかもしれません」

と、快活な口調で言った。

たしかに半次郎は女子《おなご》のようにきゃしゃで小柄だった。それは意外なくらいだった。

「背丈などなんですか。わたしは人徳が人の半分ほどしかありませんぞ」

大塩の巧みな切り返しに、船の上の男たちは皆、笑った。

「船頭たちも皆、あっしの仲間です。安心して話してください」

と、半次郎が周りを見て言った。背は低いが、大勢の人を導くことができる風格が感じられる。

「大坂でかなえられなかった夢を江戸でかなえようと思っています。頼りになる同志はいますが、しかし、あまりにも手が足りない。志を同じくする人たちとつなぎ合うことができたら、その夢は間違いなくかなうはずです」

と、大塩は言った。

「夢とは？」

「民のためのまつりごと」

「それは素晴らしい。あっしはただの御師、富士の御山へ人々を導くだけの男です。だが、富士講の講祖である食行身禄《じきぎょうみろく》さまも世直しの必要をつねづねおっしゃってました」

「やはり、そうですか」

「それと、いちばん熱心に語っていたのは、身分や男女の差別はいけない、人は皆、等しく同じであると」

「まさに」

「あっしは、それをじっさいに成し遂げたところがあるというのを読んで魂消《たまげ》ました」

「それは、戸田吟斎さんの？」

「ええ、巴里物語です。大塩さまも読まれましたか？」

「読みました。吟斎さんが書いた巴里の動乱については、その後もいろいろ話が入ってきて、筆が足りないところや、間違っているところもあるのはわかってきました。ただ、あの物語から感じられた情熱には、わたしも心を打たれました」

「そうですか。大塩さまのお気持ちはよくわかりました。だが、あっしがいま、幕府の目をかいくぐりながらやっているのは、町人たちを富士の御山に連れて行くことだけです」

「わかります。富士の頂上は素晴らしいでしょうな」

「何度登っても飽きることはありません。でも、食行身禄さまは、富士の御山についてこんな歌を残しました」

半次郎はそう言って、節をつけるようにその歌を口にした。

富士の山　登りてみれば　なにもなし
よきも悪しきも　わがこころなり

「ほう。それは含蓄のある歌ですな」

大塩は大きくうなずいた。

「富士の頂上に立つと、皆、自然に、食行身禄さまの教えを実感します。あっしがやれるのはそれだけです。そのあっしが、大塩さまと手を組むとしたら、どんなことができますかい？」

半次郎は手すりにもたれ、すれ違う屋形船を微笑んで眺めながら訊いた。

屋形船は庇《ひさし》に並べた提灯《ちょうちん》に灯をともし、芸者たちの音曲の響きをまき散らしながら過ぎていく。それはまるで、華やかな舞台が回るようであり、そのくせどこかに空《むな》しさや寂しさも感じさせた。

大塩もまたその船を眺め、すこし考えて言った。

「今度こそ性急なふるまいではなく、緻密《ちみつ》に慎重にことを画策していこうと思っています。筋書きをつくりましょう。それは実行するに当たっては多くの齟齬《そご》をきたすでしょう。だが、見本のようなものとしてつくります。次にお会いするときまでには完成させます」

「そんなに早くできるのですか？」

半次郎は驚いて訊いた。

「ええ。次はいつ会えますか？」

「では、ひと月後の今夜に。だが、いちいち船を仕立てるのは、北斎さんも大変でしょうし」

「麻布一本松坂に〈小鈴〉という店があります。戸田吟斎さんの娘が女将をしています」と、大塩は言った。

「そうですか」

「そこで会いましょう」

「吟斎さんの娘さんがね」

すると、わきから葛飾北斎が言った。

「面白い娘だよ。この北斎が太鼓判を押す。あれはいい女になるぜ」

三

客がいない。

この時刻、いつもなら満席で楽しげな声が響き渡っている〈小鈴〉が、閑散としている。

三ノ橋に近い超弦寺《ちょうげんじ》という寺で三日間だけ秘仏の御開帳がおこなわれていて、屋台の店などもたくさん出てにぎわっているらしい。常連たちもそっちの見物に行ったのではないか。

そういえば、昨日とか一昨日は「小鈴ちゃんも行こう」と、常連客の何人かに誘われた。行きたい気持ちもあるけれど、店がある。新米の未熟者とはいえ、女将は女将である。店をほっぽり出して、遊びに行ってどうする。もちろん断わった。

こんな夜はたまにある。以前、別の店で働いていたときも何度かあった。〈小鈴〉が繁盛しすぎていて、これが水商売ということを忘れてしまった。

しぃーん。

と、静まり返っている。

ただし、客が誰もいないわけではない。

林洋三郎が一人で飲んでいる。あとはいない。

調理場の隅で、日之助が樽に腰かけ、壁にもたれている。たぶん眠っているのだ。

この数日忙しかったので、疲れているのだろう。

林が店の真ん中あたりの縁台に座り、さきほど出した平目の煮つけと、漬けものを肴に、冷の茶碗酒をゆっくり飲んでいる。

小鈴は同じ縁台ではなく、その隣の縁台に座って、林が勧めてくれた酒をやはり冷ですこしずつ味わっている。酒は〈武州馬尻峠〉で、冷で飲むといっそううまい酒である。

「こんな夜は多いのかな？」

と、林が訊いた。

「今年は初めてかもしれませんね」

小鈴が後ろを振り返るような顔で答えた。

「いつも繁盛していたからな」

「ええ」

「だが、水商売はどうしたってこういう夜はあるよ」

林はなぐさめるように言った。

ちらりと林を見た。

無駄口はあまりきかない。だが、訊けばいろんなことをよく知っている。おっとりして、やさしそうである。

お九が「林さんは渋い」と言っていた。「あんな人が町人にいたら、あたしはべた惚れする」とも。そんなふうに言うことは、すでに林に対して好意を一歩越えた気持ちが芽生えてきているのかもしれない。

「小鈴さんのことを訊いてもいいかな？」

林は、お九が言うところの渋い笑みを浮かべながら訊いた。

「かまいませんよ。言いたくないことは答えませんが」

小鈴は林を見て、悪戯《いたずら》っぽく笑った。

「もちろんだ。おこうさんのことはなんて呼んでいたのだね？」

「母さん……でしたね」

母さん。あたしにとって、この世でいちばん重い言葉。

「その母さんとは、ずっと会ってなかったのだろう？」

「ええ。八年ですか。でも、あたしのほうが父の実家を飛び出したりしたし、なんかいろいろあって、めぐり合わせも悪かったんでしょうね」

「小鈴さんの母さんは不思議な人だったからな」

「不思議でした？」

「わからないところがいっぱいあったよ」

「そう見えるんですよね。なに考えてるかわからないところが」

「小鈴さんから見てもそうだったかい？」

「ええ」

「どんなところが？」

「なんて言うんでしょう。どこか上の空」

「上の空？」

「うん。上の空」

「ああ、たしかにその言葉は当たっているかもしれないな」

　と、林は微笑んだ。

「店でもそうでした？」

「そんなところはあったね。客が飲んで騒いでいるわきで、どこか遠くを見て、遠くの音に耳を澄ましているようなところは」

「そうですか」

　小鈴は一口酒をふくみ、ゆっくり飲んだ。

「不思議と言ったら、林さんにもそんなところが」

「え、わたしにも？」

「ありますよ」

「そうかね」

「林さん、海は嫌いですか？」

「海？」

　林の顔がほんのすこし硬くなった。

「ええ、それか波」

「波？」

「はい」

「なぜ？」

　林は茶碗酒をぐっと飲み干してから訊いた。

「この前、林さんに心の傷がわかる占いって試しましたよね」

「ああ、覚えているよ」

「あのとき、波と海とおっしゃったときのようすがなんとなく」

「ほう、そうかい。それは覚えてないなあ」

「じゃあ、見間違いかもしれません。あたし、しょっちゅう見間違えるんです」

「うん。それにわたしはこのところ、勤めのことで海に出たりしていた」

「ああ。それで日に焼けているんですね」

もともと地肌は黒いみたいだが、それでも鼻の頭や頰が赤くなっていた。

「波や海が怖かったら、そんな勤めはできぬだろう」

と、林は笑い、茶碗酒のおかわりを頼んだ。

酒を注ぎながら、小鈴は言った。

「怖いとは限らないんですよ」

「そうなのかい」

「痛むんです、こころが」

本当はもう一つ、言葉を足したい。だが、それを言ってはいけないだろうという気がした。

「…………」

林は黙って飲んでいる。すこし顔が険しくなっている。

——こんな話題を持ち出すんじゃなかった……。

小鈴は内心でそう思った。

なんとなく変な雰囲気になったとき、

「よう。今日はがらがらじゃねえか」

源蔵が入って来た。その声で、日之助の身体も動いた。小鈴はホッとした。

「どうだった、あの死体は？」

と、林は源蔵に訊いた。

「死体！」

小鈴が目を丸くした。坂下でなにかあったらしい。だが、小鈴は口を挟まず、二人の話を聞いた。

「どうも解《げ》せない死体でしてね」

「まさか、生き返ったのか？」

「いえ、結局、死にましたがね」

「死体が川底に沈んでいただろう」

と、林が言った。

「ええ」

「新しい死体だ。川の底に沈むか？　浮くだろうよ」

「ほんとですよね」

「源蔵、死体をよく見ておいたほうがいいのではないか」

「わかりました」

源蔵はうなずいた。

店の前が急ににぎやかになったと思ったら、お九とちあきが来て、すぐに甚太や留五郎もつづいて、いつもの〈小鈴〉の夜が来た。

鳥居耀蔵はひさしぶりに飲み過ぎてしまった。帰りの舟では吐きたいくらいだった。明日の朝の気分を考えると憂鬱《ゆううつ》だった。

屋敷では、甥の八幡信三郎が待っていた。

「おう、来てたか。あ、今日、そなたを連れて行けばよかったな」

「どこにですか?」

「麻布にある〈小鈴〉という飲み屋だ」

「ああ、この前、言っていたところですね」

信三郎はあまり興味がなさそうな顔をした。酒を一滴も飲まないので、飲み屋など行きたいと思ったことはないのだろう。

「戸田吟斎の娘が女将をしているのだ」

「へえ。では、怪しい連中も出入りしているのですか?」

「いまのところ、それはなさそうだが、このあいだ、北斎が来ていたな」

「それは怪しい。吟斎も行ったことはあるのですか?」

と、信三郎は訊いた。

「吟斎は店のことは知らない。あの男は妻子のことなどずっとうっちゃっていた」

「ほかの蘭学者は?」

「吟斎の妻が深川で店をやっていたときには来ていた。麻布に移ってからはまだ調べている途中で、吟斎の妻は死んでしまったのだ」

「それで娘があとを継いだ?」

「そういうことだ」

「では、来ているでしょう」

「そうかな」

鳥居は首をかしげた。

「来ていますよ。追われるものは同じ道をたどるものなのです。獣道というとちょっと違うか、逃げ道でしょうね」

「ほう」

この甥っ子はやはり何かすぐれたものがある。腕のいい猟師のような鋭い勘を持っている。

「明日は無理だが、明後日あたりはどうだ？」

「それよりも叔父貴。話があるのですが」

信三郎は改まった口調で言った。

「なんだ？」

「まずは三十二文ばかりください」

と、手を出した。

「こまかいな。どうした？」

「張り込んでいるうち腹が減りまして、屋台で天ぷらそばを食べました。そういった掛かりについては出してもらえますね」

「もちろんだ」

耀蔵は巾着を取り出し、四分銀を二枚に小銭を入っているだけ渡した。

「これはありがとうございます」

信三郎は正月のお年玉をもらったように顔をほころばせた。こんなところは、まだ子どもである。

「小銭がなくて、舟を追いかけられなかったくらいです」

「舟を？」

「ええ。叔父貴。大塩平八郎を見つけました」

「なんだと」

鳥居は目を瞠った。この甥っ子は落とした小銭を見つけたくらいの口調で、大変なことを言った。

「嘘じゃないですよ」

「どこにいる？」

「それは言いたくありません」

「なんだと」

「言えば、このあいだの連中が大勢で押しかけ、捕縛してしまうのでしょう。わたしの手柄は消えてしまう」

「手柄だと」

「そりゃそうです。旗本の三男坊に必要なものは、名前です」

「ふむ。だが、言わずにどうするのだ？　一人で捕縛してくるか？」

「そうするつもりですが、周りに何人かいます。そいつらは斬ってもかまいませんか？」

「斬る……」

いくら幕府のための探索とはいえ、そうむやみに人を斬ったりできるものではない。町方もうるさく言うし、目付筋も皆、仲間とは言いがたい。ましてや、下っ端の武士や町人どもの反感がつのるだろう。

「そいつらまで捕縛しようなどとしたら、無理です。下手をしたら、大塩も斬ることになります。それでもいいでしょう？　どうせ、死んでいる人間なのですから」

鳥居は信三郎の目を見た。

もしかしたら、大塩平八郎は生きていて、江戸に逃げて来ているかもしれない。その噂を聞いたのはいつごろだったか。以来、何人もの子飼いの密偵たちを動かして、行方を調べてきたのである。

だが、いまだに何の報告も来ていない。

それをこの甥は短期間のうちに、しかもたった一人で見つけ出したと言っている。

この年ごろにありがちな、妄想のような思い込みではないのか。

だが八幡信三郎は、自信に満ちた表情で鳥居を見返してきている。しかも、この甥には鋭い勘もある。

「かまわぬ。大塩だとわかったら、周囲の者ともども、成敗してくれてよい。あとはすべて、わたしが後始末をする」

と、鳥居耀蔵はうなずいた。

四

廊下を渡って来る音がした。

戸田吟斎は寝床の中でそれを聞いたが、しらばくれて寝たふりをした。

もう、だいぶ遅いのではないか。こんな時刻に鳥居の議論には付き合いたくなかった。こんなぼんやりした頭では、すぐにあの男独特の論旨に圧倒されてしまうだろう。

檻の前で足音が止まった。

じっとしているらしい。息づかいが荒い。なにか気味が悪い。

酒の臭《にお》いがしてきた。酔って帰ってきたのだろう。

しばらくして、

「おい、起きろ」

大きな声で言った。

呼ばれたら答えないわけにもいかない。

「なんだ?」

振り向いて鳥居を見た。

「おこうさんを殺したのはやはりお前だ」

「なんだと?」

「お前のせいで、おこうさんは死んだと言っているのだ。そんなこともわからないのか」

こやつ、おこうに惚れていたのか。横恋慕の悔しさから、こうやってわたしを閉じ込め、あの書物を完膚なきまで論破しようとしているのか。

吟斎が答えないでいると、

「お前がくだらないことを書き記したせいで、おこうさんはお前の仲間までかばう羽目になった」

鳥居は静かな声で言った。

「かばう?」

「そうだ。お前を訪ねた蘭学者をかばい、行方をくらます手助けをした」

「本当なのか?」

「おそらくな。だから、わたしたちに見張られ、怪しい男たちの接近を招いた」

怪しいのはお前だろう、と吟斎は内心で毒づいた。

「お前が傷つけようとしているのは、おこうさんだけではないぞ」

「なんだと」

鳥居はすこしためらったような顔をした。

「娘がいるだろうよ」

「………………」

胃のあたりをぎゅっと摑《つか》まれたような気がした。

「小鈴さんだ」

「小鈴……」

まさか鳥居の口から小鈴の名が語られるとは思ってもみなかった。

「わたしは今日も会ってきたよ」

「なんだと」

「いい娘に育ったよ。あの子は賢い。おこうさんにもよく似ている」

「どこで会った？」

「麻布の坂の上にある飲み屋だよ。おこうさんは深川から移ってそこで飲み屋をやっていた。だが、火事で焼け、常連の客たちが店を再建した。そこへ、小鈴さんが訪ねて来たらしい。それまでずっと別れ別れでいたのだがな」

「そうなのか」

自分がいなくなっても、おこうと小鈴はあの家でずっと暮らしているだろう。賢いおこうだから、飯を食っていくくらいのことはやれるし、いざとなれば実家に頼ることもできるだろう——せいぜい、それくらいに考えていた。

「そこで女将をしている」

「女将を？」

あの小鈴が飲み屋の女将を……それは思いも寄らないことだった。

「そして、また、その小鈴さんをお前は殺そうとしている」

「なぜ、わたしが小鈴を殺すのだ」

吟斎は檻のそばに寄った。なんとか檻の隙間から手を伸ばし、酔ったこの男に当て身でも入れられないものだろうか。刀を奪うことができたらいちばんいいのだが。

だが、吟斎が近づくと、鳥居はさりげなく後ろに下がった。

「小鈴さんがおこうさんと同じことをしようとしているからだ」

「同じこと？」

「お前のような不逞《ふてい》なやつらをかばいだてするのよ」

「かばいだて……」

「そうなれば、今度は小鈴さんが命を落とすことになるぞ」

「小鈴……」

これには心が乱れた。

ただ一人の娘。置いて出たあの娘のことだけは気がかりだった。だが、おこうがいれば寂しくはないだろうと、勝手に思い込んでいた。

愛くるしい笑顔がよみがえる。大きな目。丸まっちい鼻。両手で持ち上げると、きゃっきゃっと笑いながら、足をばたばたさせていた。物覚えがよく、吟斎の探しものがどこにあるか、すぐに見つけてくれたりもした。

最後に家を出たのは、少女の時代が終わるころだった。すこし難しくなりかけていたのか、うつむいた顔に、女らしい陰影が見えたこともあった。

胸が締め付けられる。自分はなぜ、本所の三人の暮らしを捨てたのだろう。

おこうの次に小鈴が。そんなことは、あってはならないことだった。

戸田吟斎は呻《うめ》くように言った。

「小鈴、よせ。そんなことは」

鳥居耀蔵は、離れとつなぐ廊下の途中にある階段から、下駄をつっかけて庭に下りた。

いま自分が言ったばかりの言葉を思い出した。

「小鈴さんがおこうさんと同じことをしようとしている」

なぜ、そんなことを言ったのだろう。小鈴の言葉や、あの酒場の佇《たたず》まいなどに、そうした気配や匂いを感じたわけではない。あそこには北斎のほかには誰も怪しい者は来ていないはずだし、あそこから誰かが消えたといったこともない。あれは、ふいに思いついて言ったことだった。

だが、言ったあとで、そんな気がしてきたのだ。もしかしたら本当にあの娘は、母と同じことをしようとしているのか。

じっさい、おこうとよく似ている。

人を見抜く力を持っているのだ。曇りのない目で、人の奥まで見ようとするのだ。

海と波。今宵、その言葉を持ち出したときはひやりとしたものだった。

占いのとき、その言葉を言ったのはよく覚えている。本当に心の傷に触れてしまうのだと、ひそかに驚きもした。

波、海、母。

母のことには触れなかった。だが、小鈴はそれも嗅ぎ取ったのではないか。

あのとき、わたしは幾つだったのだろう。母がわたしを横抱きにして、海に入ろうとしたあのときは……。

「耀蔵。わたしはもう、林の家にはいたくありません。いっしょに海の底へ行きましょう」

母はそう叫んでいた。

波がのしかかるように押し寄せ、耀蔵を頭からずぶ濡れにした。

「母上。勘弁してください。わたしは死にたくありません」

「大丈夫。わたしもいっしょですよ」

そう言った母の顔は、切り立った崖のように険しかった。眉は吊り上がり、目は見開かれ、口が引きつっていた。すこしも大丈夫なようではなかった。

「なぜですか、なぜ死ぬのですか？」

また、波が来た。耀蔵はひどく塩辛い水を飲み、激しく咳き込んだ。

「誇りを傷つけられたからです。人は、誇りを傷つけられたら、生きてはいけないからです」

母は本当にそう言ったのだろうか。ほかの記憶はほとんどないくらい幼かったのである。それが、そんな言葉を覚えていられるものだろうか。

だが、耀蔵の思い出では、はっきりとそう語っていた。

母・八穂《やほ》は、大学頭《だいがくのかみ》・林述斎《じゅつさい》の妾だった。正確には父が大学頭に任じられたのは耀蔵が生まれた翌年であったが、しかし学問の世界では頂点に立とうとしていた。

その父の、何人もいる妾の一人が産んだ子、それが耀蔵だった。

「やめてください。岸にもどりましょう。母上」

耀蔵は痛む喉で必死に叫んだ。波は逆巻き、自分たちを飲み込もうとしていた。

「武士の子は死を恐れません」

「怖いです、怖いですよ」

耀蔵の叫びはまるで聞き届けてもらえそうもなかった。

波間の上には大きな青空が広がっていた。

溺《おぼ》れたのを助けてもらったのか、それとも母はやはり引き返したのか。そこはまるで覚えていない。あとで訊き返すこともできなかった。

だが、いまでも耀蔵はそのときのことを思い出すと、海の真っただ中に放り出されたような、怖さと寂しさが蘇《よみがえ》ってくるのだ。

波と、海と、母……。

五

翌日――。

源蔵は下駄屋の矢右衛門の葬儀に顔を出した。

近所付き合いなどはちゃんとしていたのだろう。店の奥の八畳間は、廊下にまで人がはみ出すほどだった。

源蔵は、その廊下にいた番屋の番太郎を通りに引っ張り出した。昨日、遺体をいっしょに引き上げたのだ。

「よう、爺《じい》さん。昨日、矢右衛門を引きずり上げたとき、変な感じはしなかったかい？」

「変な感じだって？」

「おれはあのあと思ったんだよ。矢右衛門はずいぶん重くなかったかって」

「ああ。たしかに、痩せてるわりには目方があったな」

「だから、沈んでいたのかね？」

「いやあ、あたしは水死体は何人も見てるが、肥っていても痩せていても、死体は浮くがな」

「そうだよな」

そう言って、源蔵は線香を上げるため、中へ入った。

焼香をすませ、壁際に座って坊主のお経が終わるのを待った。

小さな裏庭が見えている。鉢植えのおもとがずいぶん並んでいる。好事家が多く、変わったかたちのものはかなりの額で取り引きされているのだ。縁側には金魚鉢も並んでいる。ギヤマンの鉢の中にいるのは、尾びれの大きな珍しそうな金魚だった。

この下駄屋は場所もよく、老舗《しにせ》ということで、かなり流行っていたのではないか。当然、矢右衛門は小金を貯《た》め込んでいただろう。

坊主のお経が飽きてやめたというだらしない感じで終わった。

弔問客も次々に帰りはじめる。

ほとんど客がいなくなったところで、源蔵は女房に訊いた。女房はもう涙のあともなく、さばさばしたようなようすである。

「よう、ちっと訊きてえんだが、亭主は見かけより肥ってなかったかい？」

「いいえ。もう、あんまり食べてなかったから、がりがりに痩せてましたよ」

「そりゃあ、変だ」

「なにが？」

「川から引き上げたとき、けっこう重かったんだよ」

「そんなことはないでしょう。早桶に入れるとき、持ち上げた人たちがこんなに軽くなってと言ってましたよ」

「へえ、そうかい。こりゃあ、やっぱり見せてもらわなくちゃならねえな」

「なにをですか？」

「遺体だよ」

そう言って、源蔵は上から早桶をのぞき込んだ。まだ蓋はしておらず、三角の紙を頭につけた矢右衛門が中でうずくまっていた。

「おい、番太郎」

と、外にいた年寄りの番太郎を呼んだ。

「なんだい？」

「ちっと手伝ってくれ。遺体の身体を見たいんだ」

「まったく、変なことばっかり手伝わされるぜ」

番太郎は不満げな顔をしながらも、源蔵のいるところにやって来た。

「ちっと頭を持ち上げてくれ」

「なに、するんだい？」

「まだ、生きてるかもしれねえ」

「おい」

番太郎の顔が引きつった。

「冗談だよ。腹のあたりを見てえのさ」

源蔵は着物を広げるようにすると、

「やっぱりだ」と、言った。

「なにが？」

「ほれ、見なよ。腹のところが切られ、縫い合わされている」

「ほんとだ」

なんとも粗雑な縫い合わせで、糸がたるんだりしている。命を助けようとして縫い合わせたものではない。雑巾だってまだ丁寧に縫われているだろう。

「おい、亭主の腹を見てくれ」と、女房を呼んだ。

「まあ、こんな傷が？　どうしたんでしょう？」

「洪庵が切り裂いたのさ」

「なんのために？」

「亭主が隠していたものをかっぱらったんだろうな」

源蔵はうんざりした顔で言った。

「大塩さまには疲れるということはないのですか？」

と、筆を動かしつづけている大塩平八郎に若い田端忠右衛門《たばたちゅうえもん》が訊いた。

田端は大塩を支援している武士である。陽明学の第一人者でもある大塩平八郎の名は江戸にも伝わり、ひそかな尊敬を集めていた。

挙兵に失敗した大塩はいったん名古屋にいた弟子を訪ね、その弟子が江戸の有志をかき集めた。田端もその一人だった。

昨夜も大塩といっしょに北斎や半次郎と会った。今日も朝早く来て、大塩の身の回りの世話をした。

大塩は昨日、半次郎に対し、これからの筋書きを示すことを約束していた。もどって来るやすぐさまそれを書きはじめ、ほとんど一睡もせず、それを書きつづけているという。すでに夕刻が近づいていた。

「疲れないのだ。自分でも不思議なくらいにな」

神経質そうに眉根を寄せながら大塩は言った。その表情は学者である大塩にふさわしいものである。だが、いまの大塩にはもう一つ、大事を成し遂げようと邁進《まいしん》する戦国武将のごとき表情がおおいかぶさっていた。

「まったく羨ましい限りです」

田端がそう言うと、部屋の隅にいた同志三人もうなずいた。

七人の同志のうち、つねに三、四人がこうして大塩のそばにいる。警護のためだが、大塩のそばにいるのは若い武士たちにとっても楽しいことだった。

なぜなら、大塩の意気軒昂とした気持ちが伝わってくるからである。大塩といっしょにいると、自分たちは大きな力を得て、とてつもないことを成し遂げられるような気がしてくるからである。

そんな師を、若い武士たちは初めて持ったのだった。

そろそろ夕飯の刻限である。大塩の食事は母屋から運ばれて来るが、若い武士たちの分までねだるのは図々しすぎる。自分たちはそば屋にでも食べに行く。

「ん？　誰か来たぞ」

田端が階下の音に耳を澄ました。

「橋本さんじゃないか」

「そういえば、最近、見てなかったな」

「いま、幕府の高官に張りついているのさ」

「ほう」

若い武士たちはそんな話で、階段を登ってきたのはてっきり仲間の橋本喬二郎だと思ってしまった。警戒のため、立ち上がって階下を見てさえいれば、ここまでの被害をこうむることはなかっただろう。

いきなりの出現だった。名前すら告げぬ刺客だった。

階段のわきにいた武士が、頭を割られ、声も上げずに突っ伏した。狭い部屋を喚き声より先に血煙が満たした。

「うわっ、なんだ、きさま」

「おのれ、曲者《くせもの》」

いっせいに立ち上がった。だが、刀を抜く暇もなく、刺客の次の剣が来た。二人目は腹をえぐられた。

「ぎゃあああ」

またもや血しぶきが飛び散る。二人分の血で、部屋は足が滑るほどだった。

「大塩さま。逃げて」

田端が言った。

「いや、わたしはもう逃げぬ。ここで倒れるのが運命だったのだ」

「違います。もう無駄死には許されない運命なのです。さ、屋根から下へ」

田端は力がある。大塩を持ち上げるようにすると、手すりを越えさせて、二階の屋根に乗せた。

「さ、早く」と、大塩を押した。

大塩は弾みで足を滑らせ、屋根瓦の上を転がると、そのまま下へ落ちた。

「逃がすか」

田端に斬りかかった刺客に、わきからもう一人が突いて出た。

刺客はその突きを軽く刀を払って避け、足を飛ばした。刺客のつま先が下腹部に炸裂《さくれつ》し、思わずうずくまりそうになったところを袈裟《けさ》掛けに斬られた。

「うっ」

目を剝《む》き、すぐにやって来た激しい目まいに耐えようとしたみたいに、頭を左右に振りながら前のめりに倒れた。

田端は同時に居合い抜きで剣を払った。

だが、刺客はこの剣をぎりぎりで身体を回すようにして避けると、もう一度、正面を向いたときには、切っ先が田端の喉をえぐっていた。

これで四人が倒れた。

さっきまで笑顔を交わし合った若者たちが、血まみれの骸《むくろ》となって倒れている。

「逃がすか」

刺客はそう言うと、屋根に上がり、下へ飛び降りた。


大塩平八郎は表の通りに出ると、大川に向けて走った。夕刻の通りは、帰りを急ぐ人たちが行き来していて、それに紛れ込むように逃げた。

いまのはいったい何だったのか。刺客だというのはわかったが、それはあまりにも突然であったため、雷に打たれたように愕然《がくぜん》となってしまった。

裸足である。袴《はかま》も穿《は》いていない。走りにくく、よろけるように河岸のところに出た。

舟を探した。猪牙舟は何艘か係留されていたが、世話になっていた酒問屋の舟が見つからない。

こんなときはどこの舟でもいい。そう思ったが、しかし、盗みのようなことはしたくない。

やっと見つけたとき、

「待て、大塩」

河岸の上から若い武士が駆け寄ってきた。

大塩は慌てながら、竹の竿《さお》で岸を突いた。

だが、追ってきた男はざぶざぶと大川に入って来て、逃げようとしていた大塩の背中を斬った。

斬られたのはわかったが、倒れ込むような場合ではない。櫓《ろ》にしがみつき、必死で漕いだ。

「おのれ、大塩。逃がさぬぞ」

男はそう叫び、悔しげに地団駄を踏んだ。

六

医者の中川洪庵は留守にしていた。源蔵は仕方なく、家の前に座って待つことにした。

吉原にでもしけこんで、今晩はそのまま泊まったりするのかもしれない。

腹が減ってきた。〈小鈴〉まで食べに行こうかと迷っていると、屋台のそば屋が来た。たまらず天ぷらそばを頼み、いざ食おうとしたとき、思ったより早く、洪庵が帰って来るのが見えた。手にさらしを持っている。どうやら怪我人《けがにん》に巻くやつでも足りなくなったらしい。

もう慌てる必要はない。たいしてうまくもないそばをゆっくり食い終えると、洪庵の家に来た。

奥にいるらしいので、

「よう、洪庵さんよ」

声をかけた。

「なんだ、いま、患者の手当で忙しいのだ。半刻ほどあとで来てくれ」

横柄な返事がした。

「そう面倒なこともしたくねえんだ。出てこねえなら、こっちから行くぜ」

源蔵がそう言うと、

「わからんやつだな。なんだ？」と、戸が開いた。

「よう、先生」

「ああ。昨日の岡っ引きじゃないか。どうしたのかな？」

「なあに、ちっと矢右衛門のことで訊きたいことがあってね」

「岡っ引きが訊くようなことがあるのかい？」

「あるんだな、それが。さっき、矢右衛門の着物をめくって、裸を調べてみたのさ」

「…………」

洪庵の顔が強張った。

「あの傷はなんだよ？」と、源蔵は低い声で訊いた。

口ごもったりするかと思ったが、洪庵はすぐに答えた。

「あれは、腫瘍《しゅよう》がどこまで進んでいたかを見たのだ」

「腫瘍が？」

「そうじゃ。そうやって腫瘍という病を知ることから、次の治療法ができてくるのじゃ。それこそ、医者としてやらねばならぬことなのだ」

洪庵はそう言って胸を張った。

「けっこうな態度だぜ。だが、おれはそんなふうには見ていねえよ」

「では、なんだというのだ？」

「そりゃあ、もちろん、お宝を飲ませたに決まってるだろうよ」

「お宝を？」

「そう。矢右衛門の店は大店ではねえが、固い商売をやってきた。小金を貯めているとにらんだのだろう？」

「なんだ、それは？」

「矢右衛門はもともと家族とは折り合いも悪く、金を残してやろうなんて気も乏しかった。それで、おめえは矢右衛門に吹き込んだのさ。腫物には金《きん》が効くと言ってな」

「…………」

「矢右衛門は必死で飲んだろうな。溺れる者は藁をも喰らうってやつだ」

「ふん」

源蔵の冗談に洪庵は鼻でせせら笑った。

「ずいぶん飲んだんだろうな。川に沈むくらいだ。女房に黙って隠しておいた金をぜんぶ飲んじまったのかな。土手を歩いてふらついたりするわけだよ」

「………」

「たしかに矢右衛門の命はあとわずかだったんだろう。あんなに痩せちまってたんだからな。だからといって、おめえのしたことが罪にならねえわけじゃねえ」

「証拠はあるのですか、証拠は？」と、洪庵は居直った。

「証拠ときたかい。証拠ねえ。おれがもうちっと早く気がつけばよかったが、もう腹を切り裂かれちまったしな」

源蔵がそう言うと、洪庵はかすかに微笑んだ。しらばくれて逃げ切れると踏んだらしい。

「もっとも、おれもこういう話になるだろうとは思ってたのさ。それで、矢右衛門の女房にいろいろ話を聞いたんだがさ、矢右衛門ってのは奇妙な癖があったんだとさ」

女房と話をしたのは嘘ではない。しかも、それはじつに面白い話だった。

「癖？」

「そう、癖だよ。矢右衛門はどうも、二分金や二朱金のような金はかならず強く噛んでみる癖があったそうなんだ。この左の八重歯のところでな」

「ふうん」

洪庵は興味がないというような態度を取った。

「ところが、源蔵の八重歯は虫歯のために削れ、馬蹄《ばてい》みてえなかたちになっていた。だから、その歯で嚙むと、馬蹄みてえな痕がついていたんだとよ。おい、いまから、おめえのところを家探しさせてもらうぜ。馬蹄のかたちの痕がついた二分金が見つかったところで、おめえには諦めてもらうことになる」

「そんな」

洪庵は青くなった。

「ううう……」

苦しげな唸《うな》り声がした。

洪庵ではなかった。奥で唸っている者がいるのだ。

「何だ、あれは?」

「患者ですよ。大怪我をしてます」

洪庵は必死の顔つきで言った。医者の務めで捕縛を逃れようというらしい。

「また、金でも飲ませたかい？」

源蔵は皮肉な口調で訊いた。

「ご冗談を。刀傷ですよ。ばっさりやられて、出血も多い。ちゃんと手当しないと、助かるかどうかわかりません」

「診てやんな。最後の患者になるだろうから」

洪庵は奥の部屋の戸を開け、中に入った。

ちらりとのぞき見ると、武士が板の上に横たわっていた。

——え。

見覚えのある男だった。すぐに思い出した。なんと横たわっていたのは、大塩平八郎だった。

「この人は？」

源蔵はしゃがみ込み、傷の具合を見ながらしらばくれて訊いた。

「近くの者が連れて来たのです。その土手の上で、ここらに医者はいるかと訊かれたと言って。入ってくるやいなや、意識を無くしてしまいました。これほどの怪我ですから、無理もありません」

「おめえ、この患者のことを誰かに言ったか？」

「いえ、誰にも」

洪庵は怪訝そうに首を横に振った。

「おめえ、運がいいかもしれねえぜ」

「どういう意味でしょう？」

「おめえを捕まえなくてもすみそうなのさ。ただし、このお人の命を救ったらというのを条件にな」

源蔵は脅しつけるように言った。


同じころ——。

〈小鈴〉ののれんを分けて、若い武士が入ってきた。

血相が変わっていた。袴に染みがある。血ではないか。

武士は店の中を見回した。

小鈴はさりげなく近くに寄り、

「お武家さま。ここは飲み屋でございますよ」と、言った。

「それがどうした？」

「そんな怖いお顔で入って来られると、お客さんたちが怖がりますので」

そう言いながら、小鈴はまっすぐに若い武士を押し返すようにした。

若い娘に近寄られると、武士はふいにたじろいだように数歩下がって店の外に出た。

「人を探しているのだ」

「どんなお人でしょう」

「武士だ。肩と背中に刀傷がある。血が出ているはずだ」

「そのようなお客さんはお見えになっていません」

「嘘を言うな」

「嘘は申していません」

小鈴は一歩も引かない。女将の誇り。この店はあたしが守る。

「戸田吟斎の娘か？」

と、若い武士は訊いた。

「え」

「だろう？」

「あなたさまは？」

「八幡信三郎という者だ」

「存じ上げませんが」

「そんなことはいい」

そこへ星川が剣の稽古からもどって来た。提灯を手にしている。

「小鈴ちゃん。どうした？」

「いえ、ちょっと」

あまりおおごとにはしたくない。

「誰だい、この男は？」

星川の声が緊張した。二人の顔つきにただごとではないものを見て取ったのだろう。小鈴の前に出て、同時に小鈴に下がれというように帯のあたりを押した。

「名は娘に名乗った。一人、斬りそこねた男が逃げた。追っている。あまり逃げる場所はない男でな。わたしの勘ではここに来た」

と、八幡信三郎は言った。

「来ていないと、さきほども申し上げましたよね」

小鈴が星川の背中で言った。

「よく見せてくれていないではないか。ここは、二階もあるだろう」

「二階はこの娘の住まいだ。誰にも上げさせぬ」と、星川が怒りを含んだ声で言った。

「きさま、邪魔立てすると斬るぞ」

八幡信三郎はそう言って、刀に手をかけた。

「小鈴ちゃん。下がるんだ」

「やめて、星川さん」

「いいから、下がって。おいらはあんたを守らなくちゃならねえ。おいらの剣はそのための剣なんだ。でないと、おこうさんに合わせる顔がなくなるんだよ」

星川は切なそうにそう言った。慕情。おこうへの想いは消えない。その途端、提灯を八幡に向けて放った。

「とあっ」

「たっ」

二つの掛け声が交錯した。

二人とも倒れていない。互いに切っ先が着物をかすめただけだったらしい。星川はたもとのところが切り裂かれていた。

「やめてください」

小鈴が大声を上げた。

その声に、店の中から客たちが飛び出してきた。お九がいる。ちあきも甚太も定《さだ》八《はち》もいる。日之助は調理に使う柳刃を手にしていた。

「なんだ、どうしたんだ」

「小鈴ちゃん、大丈夫か」

「おい、棒持って来いや。星川さんに加勢しなくちゃならねえ」

大騒ぎになった。

「なんだってんだ、いったい？」

甚太の問いに、小鈴が答えた。

「傷ついた武士がここに来ただろうって」

すると、客たちが口々に喚いた。

「誰も来てねえよ」

「くだらねえ因縁をつけるな」

「なに言ってんだよ。侍のこせがれが、でかいつらするんじゃねえぞ」

魚屋の定八が威勢よく喚いた。

客たちが小鈴の前に立った。若い女将を客が守っている。

「くそっ」

八幡信三郎は顔をしかめ、刀をおさめると、

「また、来るからな」

そう言い捨てると、足早に坂を下りて行った。

「来なくていいよ、ばあか」

定八がもう一度、喚いた。

七

橋本喬二郎が〈小鈴〉を訪ねてきたのは、それから三日ほどしてからだった。

店を開ける用意をしていたときで、ちょうど星川も源蔵も日之助もそろっていた。

明るいときで姿がはっきり見え、小鈴はすぐ、喬二郎の顔を思い出した。

「喬二郎叔父さん……」

「ひさしぶりだったな。きれいになったもんだ、小鈴ちゃん。姉さんにもよく似てきたよ」

「ありがとうございます」

「皆さんには、お世話になっています。暮れには助太刀までしていただいて」

喬二郎は星川に頭を下げた。

「そんなことより小鈴ちゃんから話が」

星川は小鈴をうながした。

だが、小鈴が言う前に、

「小鈴ちゃんの話は大塩さまから聞いていたのだが、その大塩さまが……」

と、喬二郎の眉が曇った。

「大丈夫よ」

「なにが？」

「大塩さまはご無事ですよ」

「なんだって」

「麻布まで逃げて来たのです。いまは、ある場所にかくまっています。医者にも名や身分を偽っているので、騒ぎにさせないために、叔父さんも見舞いは我慢してください。でも、傷は縫い合わされ、出血も止まっていますす」

嘘ではない。源蔵が毎日、何度も容態を見に行っている。

「そうだったか」

喬二郎はホッとして、思わず縁台に腰を下ろした。

「でも、ここは見張られるかもしれない。喬二郎叔父さんももうここには来ないほうがいいですよ」

「だが、大塩さまは？」

「それはわたしたちが傷の癒《い》えるのを待って、安全なところに逃がします。そのときはまた、別の算段をします」

小鈴がそう言うと、

「まさに姉さんだね」

と、喬二郎は感心した。

「どうしてですか？」

「姉さんも飲み屋の女将のかたわらでそんなことをしたからさ。三人くらいかな、お上から目をつけられていた蘭学者をかくまい、逃がしてあげたのは」

喬二郎の言葉に、星川たちも驚き、互いに見つめ合った。

「そうなの？　母さんはそんなことをしてたの？」

もしかしたら、町で出会って、この場所を教えてくれた人も、その一人だったのかもしれない。

「姉さんはよく言っていたよ。日本の男たちは世界の広さを知らないから、逃げるということを知らないと。もっと、逃げることを学んだほうがいいのにって」

「逃げることを学ぶ？」

「日本の男は、小さな国にうずくまるようにして暮らし、ここで駄目ならすべて終わりみたいなふうに思ってしまう。もし、この国にもっと強大な幕府ができたりして、さらにひどいまつりごとが始まったとしても、この国の男たちは誰も逃げない。武士なら腹を切るか、あるいはひれ伏してしまう。たぶん、町人も含めて、ひれ伏してしまう者がたくさんいる。逃げて、別の道を探したり、ほかに支援してくれる者を探したり、力を溜《た》めたりといったことができない——そんなふうに言ったよ」

喬二郎は皆を見回すようにして言った。

「そして、姉さんはこう言った。あたしは逃がしてあげたい。あたしの仕事は、いわば捲土重来屋《けんどじゅうらい》さんだと」

「捲土重来屋？」

小鈴が首をかしげた。

「捲土重来の字だけの意味は、土煙を上げながら、ふたたびやって来るということだ。だがそれは、敗れた者がいったんは逃げるけれど、力を盛り返してもう一度、やって来るという意味になった」

「たしか、唐土《もろこし》の項羽《こうう》と劉邦《りゅうほう》の話から出た言葉でしたね？」

と、源蔵が言った。

「はい。というか、項羽のことを偲《しの》んで、晩唐の詩人の杜牧《とぼく》が詠んだ詩に出てきた言葉です。その詩とは、

勝敗は兵家も期すべからず
羞《はじ》を包み恥を忍ぶはこれ男児
江東の子弟才俊多し
捲土重来いまだ知るべからず

これから使われるようになった言葉です」

「おこうさんはそんなことをしていたのか」

星川が天井のあたりを見ながらつぶやいた。

「姉さんは変わったところがありました。こんなふうに言っていたこともあります。あたしは、人というのはどんなにその地に根づき、大地に足を踏みしめて生きているように見えても、しょせん流浪の民だと思っていると」

「人はしょせん流浪の民……母さんはそんなことを言ったんですか？」

「姉さんがなぜ、そんなふうな気持ちを持つようになったかは、よくわからない。こうも言っていた。人は遠くから来て、また、遠くに去って行くのだと。それはよく、夜空を見ていたときに言っていた」

「ああ、あたしも母が夜空を見ていたのは覚えがある」

「義兄の戸田吟斎さんにもそういう考えはありました。だが、逆にあれは姉の影響というのがあったのではないでしょうか」

「叔父さん。あたしも、母の遺志を継ぎたい」

と、小鈴は言った。強い意志が感じられる口ぶりだった。

「え？」

皆、いっせいに小鈴を見た。

「わたしは、やはり間違っていたのかもしれない」

戸田吟斎は苦しそうに言った。この三日ほど、ほとんど眠らずに考えつづけて来たことだった。

「うむ。まずは、よからぬ思いを持つ者の名を告げるのだ。ここではなんだ、檻を出よう。さあ、畳の上に座って、庭でも眺めよう」

と、鳥居耀蔵は微笑んで言った。吟斎が自分を否定した。それは鳥居が待ちに待った言葉だった。

「外へ？」

ぼんやりした目を鳥居に向けた。

「そうじゃ。そなたが逃げたりするような卑怯《ひきょう》な男ではないと、わたしはよく知っている。酒でも飲もう」

「いや、ここでよい。わたしは裏切るのだ。ここがわたしにふさわしい場所」

吟斎は何度となく頭を振った。

「なんだ、堅苦しいではないか。ま、よい。それはおいおいやることにしよう。では、その名を、申せ。そなたの巴里物語を読み、共感を示した者たちの名を」

「わかった。まず、大坂で死んだという大塩平八郎」

「うむ」

「渡辺崋山、高野長英……幕臣では矢部定謙、川路聖謨、高島秋帆《たかしましゅうはん》……文人のたぐいは市川団十郎《いちかわだんじゅうろう》、柳亭種彦、葛飾北斎……」

戸田吟斎の口から次々と人の名がこぼれ出していった。


（6巻へつづく）

この作品は書き下ろしです。

慕情《ぼじょう》の剣《けん》

女《おんな》だてら　麻布《あざぶ》わけあり酒場《さかば》5

風野真知雄《かぜのまちお》

平成23年12月10日　初版発行

発行人――石原正康
編集人――永島賞二
発行所――株式会社幻冬舎
〒151-0051東京都渋谷区千駄ヶ谷4-9-7
電話　03(5411)6222(営業)
03(5411)6211(編集)
振替00120-8-767643
印刷・製本―図書印刷株式会社
装丁者――高橋雅之

幻冬舎時代小説文庫

ISBN978-4-344-41780-9　C0193　か-25-8

佐伯泰英
北町の爺様 シリーズ

「回国翁」とは各地を巡る老人のことで、その「回国翁」を騙って江戸を騒がす盗賊の跡を、目付田中豊次郎の頼みで追うことになった北町の爺様四人。老舗旅籠を舞台に「回国翁」一味を追い詰めていくが、三十三ヶ所の霊場巡りを装う連中の狡猾な知恵比べが始まった。目前に控えた長月の五節句の祝賀の宴に招かれた公方家斉の身辺警固の任に就くが……。

① 初午の黒船
② 海賊ヶ浦
③ 父子の峠
④ 探す人
⑤ 回国翁

以下続刊

三田代小説文庫

藤水名子

蒼く燃ゆる魂のいづこへ

《蒼星》①

以下続刊

人間の生活を豊かにする文明の発達。しかし、その一方では人と人とが触れあうことを忘れさせ、人の心を荒廃させてしまうのではないだろうか。《蒼星》という都市に集まる若者たちは、文明に毒された人間のあり方を嫌悪し、自らの意志で新しい人間の絆を結ぼうと奮闘する。一線一線、絵を描くがごとくに人間を描き、生命を謳歌する新感覚長編小説、待望の第一弾！